Ludwig Aurbacher
Abenteuer der sieben Schwaben und des Spiegelschwaben

fabula Verlag Hamburg

ISBN: 978-3-95855-459-7
Druck: fabula Verlag Hamburg, 2017
Covergestaltung: Violetta Wegel

Der fabula Verlag Hamburg ist ein Imprint der Diplomica Verlag GmbH.
Bibliografische Information der Deutschen Nationalbibliothek:
Die Deutsche Nationalbibliothek verzeichnet diese Publikation in der Deutschen Nationalbibliografie; detaillierte bibliografische Daten sind im Internet
über http://dnb.d-nb.de abrufbar.

Ludwig Aurbacher

Abenteuer der sieben Schwaben und des Spiegelschwaben

fabula

Abenteuer der sieben Schwaben

Wie die sieben Schwaben nach Augsburg kommen und sich allda Waffen holen

Als man zählte nach Christi Geburt eintausend und etliche hundert Jahr, da begab sich's, daß die sieben Schwaben in die weltberühmte Stadt Augsburg einzogen; und sie gingen sogleich zu dem geschicktesten Meister allda, um sich Waffen machen zu lassen; denn sie gedachten das Ungeheuer zu erlegen, welches zur selbigen Zeit in der Gegend des Bodensees übel hauste und das ganze Schwabenland in Furcht und Schrecken setzte. Der Meister führte sie in seine Waffenkammer, wo sich jeder einen Spieß oder sonst was auswählen konnte, was ihm anstand. »Bygost[1]!«, sagte der Allgäuer, »sind das auch Spieße? So einer wär mir just recht zu einem Zahnstürer[2]. Meister, nehmt für mich nur gleich einen Wiesbaum von sieben Mannslängen.« »Potz Blitz«, sagte der Blitzschwab, »Allgäuer, progle[3] dich nicht allzusehr.« Der Allgäuer sah den mit grimmigen Augen an, als wollte er ihn damit durchbohren. »Eigentlich hast du recht, Männle!«, sagte der Blitzschwab und streichelte ihm den Kautzen[4]; »und ich merke deine Meinung«, sagte er, »*Wie alle Sieben für Einen, so für alle Sieben nur Einen.*« Der Allgäuer verstand ihn nicht, sagte aber: »Ja!« und den

---

1   verderbt aus »by (bei) Gott!«
2   Zahnstocher
3   prahle
4   Fettansatz unterm Kinn

andern war's auch recht. Und so ward denn ein Spieß von sieben Mannslängen bestellt, und in einer Stunde war er fertig. Ehe sie aber die Werkstatt verließen, kaufte sich jeder noch etwas Apartes, der Knöpfleschwab einen Bratspieß, der Allgäuer einen Sturmhut mit einer Feder darauf, der Gelbfüßler Sporen für seine Stiefel – sie seien nicht nur gut zum Reiten, sagte er, sondern auch zum Hintenausschlagen – der Seehaas aber wählte einen Harnisch, sagend: Vorsicht sei zu allen Dingen nütz; des Guten könne man nicht zu viel tun; und nütze es nichts, so schade es auch nichts. Der Spiegelschwab gab ihm recht und sagte auch er wolle einen tragen, aber nicht vorn auf der Brust, sondern hinten auf dem Hintern. Der Seehaas meinte, der Geselle wolle ihn foppen; jener aber sagte: »Merk's: Hab' ich Mut und geh' ich vorwärts, so brauch' ich keinen Harnisch; geht's aber rückwärts, und fällt mir der Mut anderswohin, so ist dann der Harnisch am rechten Platz.« Und so ließ er sich denn den Harnisch zurecht machen, der, recht zu sagen, ein Balbiererbecken war aus der Rumpelkammer des Meisters. Und nachdem die sieben Schwaben, wie ehrliche Leute, alles richtig bis auf Heller und Pfennig bezahlt und zuletzt noch beim Metzger am Gögginger Tor gute Augsburger Würste eingekauft hatten, so zogen sie zum Tor hinaus und ihres Weges weiter.

Wie die sieben Schwaben weiter ziehen, und welchen Weg sie einschlagen

Der Allgäuer, der an der Spitze ging, stimmte sein Posthörnle an und blies ein Trompeterstückle; hinter ihm kam der Seehaas und dann der Nestelschwab, der ihm seinen Bünkel[5] auf dem Buckel trug; drauf folgte der Blitzschwab, der

---

5   Bündel

sang: »Es geht ein Butzemann im Reich herum, Didum, Bidi, Bum.« Dann kam der Spiegelschwab, und ganz hintennach grattelte[6] und pfnauste[7] der Knöpfleschwab mit seinen Häfen und Pfannen. Und sie trugen zusammen, Mann für Mann, den Spieß, und sahen schier aus wie ein Widle[8] gespießter Lerchen. Sie waren aber schon eine ziemliche Weile gegangen, da fiel's ihnen erst ein, zu überlegen, welchen Weg sie einschlagen sollten nach dem Bodensee, wo das Ungeheuer hauste, das zu erlegen war. Der Allgäuer meinte, sie sollten der Wertach nachgehen, dann kämen sie ans Gebirg, und dann könnten sie nimmer fehlen. Der Gelbfüßler aber sagte: Über das Gebirg sei es ein Umweg; sie sollten ihm folgen bis an den Neckar; der Neckar fließe in den Rhein, und der Rhein in den Bodensee. »Potz Blitz!«, sagte der Blitzschwab, »ein braver Mann geht gradaus.« Und die andern lobten ihn deshalb, und sie beschlossen, gradaus zu gehen, zwischen Göggingen und Pfersen durch, und weiter. Und so wateten sie denn durch die Wertach, weil die Brücke abseiten lag, und gingen weiter über Stock und Stein, über Wiesen und Felder, durch Wüsten und Wälder, Berg auf Berg ab, bis sie an Ort und Stelle kamen.

Wie die sieben Schwaben von einer Zigeunerin sich wahrsagen lassen

Die sieben Schwaben hatten aber auf dem Wege dahin noch viele Abenteuer zu bestehen, woran sicher die Zigeunerin schuld war, die alte Hex. Die saß nämlich außerhalb Kriegshaber an einer Staude am Weg und kochte ein wunderliches Zeug durcheinander.

---

6   schwerfällig gehen
7   schnauben
8   Weidenrute, auf der man Vögel, Frösche usw. aufreiht

»Knöpfle⁹ sind's einmal nicht«, sagte der Knöpfleschwab, als er in den Kessel hineinguckte; und der Blitzschwab meinte gar, er sehe auf der schwarzbraunen Brüh statt Pfeffer und Schmalz Mausdreck und Krötenaugen schwimmen, so daß es ihm fast den Magen im Leibe umkehrte. Der Spiegelschwab aber ging auf die Zigeunerin zu und sagte: »Alte Trampel! Du mußt mir wahrsagen.« Die besah ihm die Hand und sagte:

> *Wer Weiberjoch auf sich muß tragen.*
> *Hat wohl von großer Not zu sagen.«*

»Die Blitzhex redet wahr«, sagte der Spiegelschwab und schob den Gelbfüßler hin. Dem lugte sie auch in die Hand und sagte:

> *Einem, der ist übermannt,*
> *Dem ist das Fliehen keine Schand.«*

»Die stichelt auf meine Stiefele«, dachte er, »und sie weiß, daß ich laufen kann.« Da die beiden Gesellen mit der Wahrsagerin zufrieden zu sein schienen, so folgten auch die andern. Und zum Seehaasen sagte sie:

> *Ein Ding man leget manchem vor,*
> *Wenn man es tät, der wär ein Tor.«*

Zum Knöpfleschwaben sagte sie:

> *Was man erspart an seinem Mund,*
> *Das frißt die Katze oder Hund.«*

Zum Nestelschwaben sagte sie:

> *Den Esel kennt man an den Ohren,*
> *An der Red', Weise und Toren.«*

---

9   kleine Mehlklöße

Zum Allgäuer sagte sie:

>*Der Wagen wird nicht wohl geführt,*
Wenn Ochsen ungleich angeschirrt.«

»Bygost!«, sagte der Allgäuer, »das hab' ich selber schon oft erfahren, wenn ich hab' Mist ausgeführt. Die Hex sieht einem, wägerle![10] durch das Herz.«

Der Blitzschwab aber, der tiefer in den Hafen geguckt, wollte mit der Heidin nichts zu schaffen haben, sondern stieß ihr vielmehr den Kessel um und ins Feuer, so daß dieses mit Prasseln auseinandergefahren und ausgeloschen ist. Die Zigeunerin aber, voller Zorn, rief ihm mit schätternder Stimme nach:

>*Jungfrau Lieb' ist fahrend Hab',*
Heut >Herzliebster<, morgen >Schabab<.«

Und so konnten denn die sieben Schwaben ihrem Schicksal nicht entgehen.

In diesen und den andern Kapiteln wird erzählt, was sich vor
der Hand mit den sieben Schwaben zugetragen hat

Es ist aber an der Zeit, daß ich dich, günstiger Leser, mit den Helden dieser Geschichte näher bekannt mache, und was dir sonst zu wissen nötig ist, aufrichtig erzähle. Vernimm also, daß der Seehaas ausgegangen ist – du mußt aber wissen, daß dies ein Schimpfname für ihn geworden seit der Zeit, als die sieben Schwaben ihr Abenteuer gehabt, von welchem du, wenn du Geduld hast, am Ende hören wirst; er ist aber zu Überlingen am Bodensee zuerst Eschhay[11], dann Bannwart[12] gewesen.

---

10   wahrhaftig
11   Flurschütz
12   Wärter, Hüter

Der traf unweit Freiburg im Breisgau den Nestelschwaben an, hinter einem Zaun, wo er etwas zu tun hatte, was der soeben getan hatte. Und sie machten sogleich Bekanntschaft, wie ehrliche Schwaben zu tun pflegen. Der Seehaas fragte ihn, was er für ein Landsmann sei. Jener sagte, er sei kein Landsmann, sondern nur ein Menbub[13] bei jenem Bauern, der dort den Acker pflüge. Da merkte der Seehaas sogleich, mit wem er's zu tun habe; und so ein Dummrian war ihm gerad recht. Er tat ihm daher den Vorschlag, er solle mit ihm kommen als sein Knecht, der ihm den Bünkel trage; und wenn er etwas erzähle, so solle er nichts sagen, als daß es wahr sei. Jener sagte, er wisse aber nicht, was wahr sei oder nicht wahr. Drauf der Seehaas: »Merk, Bauernlümmel, Hott bedeutet wahr, Hüst nicht wahr.« So verstehe er's, sagte jener, und er wolle mit ihm gehen und ihm um einen Batzen Wochenlohn seinen Bünkel tragen durch die ganze Welt und weiter. – Und die Geschichte weiß noch bis heutigs Tags nicht anzugeben, was dieser Mensch für ein Landsmann gewesen, ob ein Schwab oder ein Schweizer oder ein Pfälzer oder sonst einer aus dem deutschen Reich; denn er redete in allen Landssprachen, und in keiner recht. Er wird aber der Nestelschwab darum genannt, weil er, statt der Knöpfe, Nesteln[14] hatte an Janker[15] und Hosen; und da die meiste Zeit eine und die andere zerrissen war, besonders an den Hosen, so mußte er immer nachhelfen mit der einen Hand, was ihm dann so sehr zur Gewohnheit geworden, daß er auch dann so tat, wenn er nicht also hätte tun dürfen. Beide zogen aber weiter und kamen zum Gelbfüßler, der in Bopfingen ansässig war.

---

13   der das Zugvieh vor dem Pflug leitet
14   Band, Schnur zum Zubinden
15   Jacke

Vom Gelbfüßler, und was sich weiter begeben

Man erzählt, daß, als die von Bopfingen ihrem Herzog die jährliche Abgabe, die in Eiern bestanden, einstmals geben wollten, hätten sie die Eier in einen Krättenwagen[16] getan, und damit recht viele hinein gingen, mit den Füßen eingetreten, was denn ihrer Ehrlichkeit keine Schande macht. – Daher haben sie denn alle, die aus jener Gegend sind, in böser Leute Mund den Namen Gelbfüßler erhalten. Zu einem von diesen, der Bopfinger Bot war, kam nun der Seehaas und erzählte ihm: Wie daß in dem großen Wald am Bodensee ein fürchterliches Tier hause, welches Land und Leuten großen Schaden tue. Beschreiben könne er es ihm gar nicht; aber es sei so groß wie eine wilde Katze, doch weit scheußlicher und grauerlicher anzusehen; und Augen habe es im Kopf, so groß wie Goldgulden, die funkelten nicht anders, als wie das höllische Feuer; und Ohren habe es – »Nicht wahr, Landsmann?« »Hüst!«, sagte der Nestelschwab. »Hott!«, sagte der Seehaas. »'s ist wägerle wahr«, sagte der Nestelschwab. Und jener fuhr fort: Er beschwöre daher den Landsmann um des gemeinen Besten willen, er möge ihm zu Rat und Tat sein und ihm getreuliche Gespanen[17] zu werben suchen aus allen schwäbischen Gauen. Der Gelbfüßler sagte: Fechten könne er zwar nicht; aber sei's mit dem Laufen getan, so könne er den Teufel auf dem freien Felde fangen. Da der Seehaas sagte, so einen Mann könne er brauchen, so schlug der Gelbfüßler ein und sagte: Er müsse nur noch seine Stiefele anziehn und sein Ränzle packen. Als dies geschehen, so zogen sie weiter. Anfangs waren sie uneins, wohin sie sich wenden sollten, ob gegen das Ries[18] oder die Donau. Im Ries,

---

16   Korbwagen
17   Gefährten
18   die weite, flache und fruchtbare Gegend um Nördlingen

sagte der Gelbfüßler, gebe es wohl viele Gänse, hab' er gehört, aber er wisse nicht, ob es auch Menschen dort gebe. Der Seehaas aber meinte: Das Sehen koste nichts; und erfahren wir's nicht neu, sagte er, so erfahren wir's doch alt. Und damit gingen sie nach dem Ries.

Vom Knöpfleschwaben, und was sich weiter zugetragen

In dem gesegneten Schwabenland, besonders in jener Gegend, wovon soeben Meldung geschehen, besteht die löbliche Gewohnheit, daß man täglichs Tags fünfmal ißt, und zwar fünfmal Suppe, und zweimal dazu Knöpfle oder Spätzle, daher denn die Leute dort in der Umgegend auch Suppen- oder Knöpfleschwaben genannt werden; und man sagt, daß sie zwei Mägen hätten, aber kein Herz.

Der Seehaas brachte also seine Werbung an und sagte: Wie daß in dem großen Wald am Bodensee ein fürchterliches Tier hause, welches Land und Leuten großen Schaden täte. Augen habe es im Kopf, feurige, die so groß wären wie ein Salzbüchsle. »Hott!«, sagte der Nestelschwab; aber der Gelbfüßler stieß dem Seehaasen in die Rippen, vermeinend, er solle nicht so lügen. Der aber ließ sich nicht irre machen, sondern fuhr fort zu erzählen: Das Ungeheuer wachse zusehends, je länger man es anluge, und werde so groß, wie ein Pudelhund. Er bitte ihn also um der Landsmannschaft willen, er möchte ihm zu Rat und Tat sein und ihm beihelfen, tüchtige Gesellen zu werben. Der Knöpfleschwab sagte: Fechten sei zwar seine Leidenschaft nicht; aber wenn sie einen brauchten, um ihnen Knöpfle zu kochen, so gehe er mit los auf das Abenteuer. Als sie handelseins wurden, packte der Knöpfleschwab Häfen und Pfannen auf und zog mit ihnen weiter. Und sie wendeten sich nun nach dem Lechfeld zum Blitzschwaben, den sie zu Meitingen im Wirtshaus bei einem Mäßle weißen Gerstenbiers trafen.

Vom Blitzschwaben, und was sich sonst ereignet

Nachdem sich die Landsleute das »G'segn' Gott!« und »Dank Gott!« zugetrunken hatten, fing der Seehaas an zu erzählen, sagend: Wie daß in dem großen Wald am Bodensee ein fürchterliches Tier hause, welches Land und Leuten großen Schaden täte. Es sei so groß wie ein Mastochs, und habe Augen im Kopf wie die Mondscheibe; und das Tier wachse zusehends, je länger man es anluge. »Potz Blitz«, sagte der Blitzschwab, »das möcht' ich einmal sehen; ich ließe es mir, beim Teuxel! einen Dreibätzner kosten.« Der Seehaas sagte: Er könne es umsonst sehen, er solle nur mitkommen und ihm und seinen Gesellen zu Rat und Tat stehen beim Abenteuer. Darauf der Blitzschwab: Fechten sei zwar sein Handwerk nicht, aber schimpfen könne er wie ein Rohrspatz, und fluchen wie ein Heid. Der Seehaas meinte, man wisse nicht, wozu ein Ding gut sein könne, und er solle nur mitkommen. Jener schlug ein, nachdem er noch ein Känntle[19] Branntwein zu sich genommen, um, wie er sagte, die Magenwinde zu verteilen, die das vermaledeite Bier mache. Dabei sang er – denn er war ein lustiger Vogel, was man ihm sogleich abmerkte – das Liedlein:

> *»Wo soll ich mich hinkehren,*
> *Ich dummes Brüderlein,*
> *Wie soll ich mich ernähren,*
> *Mein Gut ist viel zu klein;*
>
> *Wie wir ein Wesen han,*
> *So muß ich bald daran,*
> *Was ich heut soll verzehren,*
> *Ist gestern schon getan.«*

---

19   Kännchen

Und drauf zogen die Gesellen weiter und kamen zum Spiegelschwaben, der in Memmingen zu Haus war.

Vom Spiegelschwaben und dem Allgäuer, und was ferner geschehen

Zu derselben Zeit waren die Fazinetle[20] noch nicht im Brauch, und daher schlenzten[21] einige das Ding gleich von sich weg, was jetzt die vornehmen Leute in den Sack stecken; andere schmierten es unter die Üchse[22] oder zwischen die Grattel[23], wo es sich wieder von selbst abwetzte; andere dagegen, wie der Spiegelschwab, putzten es an den Vorderärmel, wo es sich zum Spiegel ansetzte und beim Sonnenschein glitzte. Zu diesem kam der Seehaas mit seinen Gespanen und stellte ihm das Anliegen vor, erzählend, wie daß am See droben ein Ungeheuer hause so groß wie ein Trampeltier, mit Augen, wie Mühlsteine; und er bitte daher, er möge um des gemeinen Besten willen zu Rat und Tat stehen. Der Spiegelschwab sagte: Rat könne er geben, aber mit der Tat sehe es schlecht aus, indem er nicht einmal sein Weib meistern könne, die freilich sieben Häute habe, wie ein Memminger Zwiefel[24]. (Und hat also die Zigeunerin recht gehabt.) Er wisse aber einen, der es mit dem Teufel selbst aufnehme: das sei der Allgäuer.

Zu dem gingen sie nun miteinander, und der war gleich bereit, obwohl der Seehaas ihm das Ungeheuer noch viel schrecklicher vorstellte, als den andern, indem er sagte: Es sei so groß wie ein Haus, und habe Augen im Kopf wie Mühlräder, die im Um- und Umgehen Feuer auswürfen.

---

20 Stofftaschentuch
21 schleudern
22 Achsel
23 gespreizte Beine
24 Zwiebel

»Bygost!«, sagte der Allgäuer, »es wird halt dennest[25] nur
ein Vieh sein; und der Mensch ist stärker mit Gottes Hilfe,
als alles Getier auf Erden.« »Ja«, sagte der Seehaas, »und es
geht ein Sprichwort: Gott verläßt keinen ehrlichen Schwaben nicht.« Durch diese Reden bekamen die übrigen noch
einmal soviel Mut, und sie gaben sich alle getreulich die
Hand, daß sie einander beistehen wollten als Freunde und
Landsleute in allen Gefahren und Nöten Leibs und der Seele.
Und so beschlossen denn die sieben Schwaben miteinander,
zuerst nach Augsburg zu gehen, wie schon oben erzählt worden, um, wie es tapfern Christenmenschen geziemt, sich vor
allem mit Streitzeug zu versehen.

Wie die sieben Schwaben auf einen Bären stoßen, und was sie dazu sagen

Wir wollen aber die sieben Schwaben auf ihrem Weg ein-
holen, und da treffen wir sie, vier bis fünf Stunden außer
Augsburg, in einem Hohlweg, den sie eben durchziehen.
Und siehe da! ein großmächtiger Bär liegt da am Weg, und
der Allgäuer bemerkt ihn nicht eher, bis er fast mit der
Nase auf ihn fällt. Der schreit, was er kann: »Ein Bär! Ein
Bär!« und stößt den Spieß aus Leibeskräften gegen das Tier.
Doch das rührt sich nicht mehr, denn es war maustot. Drob
erfreut, schaut der Allgäuer um und sieht die Gesellen alle
auf dem Boden liegen, und vermeinend, sie seien auch tot
und er habe sie hinterrucks mit dem Spieß erstochen, fing
er laut an zu lamentieren. Die aber waren, man weiß nicht,
ob aus Schrecken, oder weil sie den Spieß zu fest gehalten,
zu Boden gefallen; und als sie hörten, daß der Bär tot sei,
standen sie frisch und gesund wieder auf und stellten sich

---

25   dennoch

um den Bären herum, und der eine rupfte ihn beim Pelz, und der andere steckte gar seine Hand in den Rachen, und kein einziger fürchtete sich mehr vor ihm. Und als sie den Bären näher untersuchten und kein Loch an ihm fanden als das, was er schon bei seinen Lebzeiten gehabt, so merkten sie wohl, daß er nicht erstochen sei, sondern verreckt; und der Spiegelschwab warf die Frage auf, woran er wohl gestorben sein mag. Der Knöpfleschwab sagte: »Woran denn sonst als am Hunger?« »Nein«, sagte der Gelbfüßler, »aus Kälte.« Und so hatte denn jeder seine aparte Meinung, wie die Schildbürger ob des toten Wolfes. Erraten aber hat's wohl nur der Spiegelschwab, der pfiffigste unter ihnen, welcher sagte, er sei wo nicht an Wehtagen[26], doch am Tod gestorben. Hierauf hielten sie Rat, was sie mit dem Luder anfangen wollten, und nach langem Hin- und Herreden beschlossen sie, ihm die Haut abzuziehen; die sollte einst demjenigen zu teil werden, der sich beim Abenteuer am männlichsten halten werde. Das Aas wollten sie liegen lassen. »So mögen ihn die Schafe fressen, wie er zuvor die Schafe gefressen«, sagte einer, ich weiß nicht mehr was für einer.

Wie die sieben Schwaben in den Stauden stecken bleiben

Als die sieben Schwaben tiefer in die Stauden kamen, blieben sie darin stecken. Der Wald wurde nämlich immer dichter und dichter; und einstmals, als der Allgäuer vor einem Baum stand, sagte er: »Bygost! Durch muß ich«; und druckte und beugte den Spieß so gewaltig seitwärts, daß der Knöpfleschwab zwischen einem Baum und dem Spieß eingeklemmt wurde und sie alle weder vor- noch rückwärts konnten. Und ist also wahr geworden, was die Zigeunerin

---

26   Schmerzen

prophezeit hatte: »Der Wagen wird nicht wohl geführt, wenn ungleich Ochsen angeschirrt.« Die Gesellen wollten zwar ihren Kumpan wieder losmachen; da sie aber aus allzu großem Eifer an dem Leichnam zogen, der eine nach oben, der andere nach unten, und links und rechts zu gleicher Zeit, so ging eben das Ding nicht vorwärts, und sie hätten ihn fast geviertelt. Endlich besann sich der Allgäuer und rief: »Bygost! Ich müßte des Teufels sein, wenn mir Gott nicht hilfe!« Und er sagte: »Hy Ochs!« und packte den Baum, der den armen Schächer einzwängte, und riß ihn mit einem Riß, daß es krachte, wurzelaus, so daß der Knöpfleschwab, halb entseelt, losschnellte und hinplumpste, als wär er in den Boden eingerammelt. Da bekamen die Gesellen erst rechten Respekt vor dem Allgäuer, den sie sonst für tappet und talket[27] halten mochten. Und der günstige Leser, welcher das Stücklein nicht glauben will, kann selbst nachsehen auf dem Platz, wo der Baum noch liegt bis auf den heutigen Tag.

Wie die sieben Schwaben einem Mägdlein begegnen, und wie der Blitzschwab von ihr auf die Kirbe[28] geladen wird

In der Gegend von Schwabeck begegnete den sieben Schwaben auf dem Feld eine schöne Bauerntochter, die ihnen allen sogleich ins Aug' stach, dem Blitzschwaben aber am meisten. Das Töchterle sagte züchtiglich und andächtiglich: »Gelobt sei Jesus Christus.« Und sie antworteten allesamt: »In Ewigkeit, Amen.« »Potz Blitz!«, sagte der Blitzschwab; »das Mädle muß ich stellen und anreden.« Und er ging auf sie zu und fragte sie, wie sie heiße. Sie antwortete, Käther, und sie sei aus der Grafschaft Schwabeck. Und dabei lugte sie ihm freundlich ins Gesicht; denn der Blitzschwab war kein

---

27 tappet/talket: ungeschickt, plump
28 Kirchweih

unübler Kerl. Der fragte, ob sie ihn nicht heuren[29] möchte.
Das Mädle lachte und sagte, ja, wenn einmal die Mannsleute
so fäsig[30] wären, wie die Pfeffernüsse. Jener sagte, sie sollte
ihm nur gleich ein Schmätzle geben statt dem Drangeld. Die
Jungfer aber sagte, eine Ohrfeige sei ihr feil, aber kein Kuß.
Mein Schwab merkte wohl, daß das nicht ihr Ernst sei, und
er nahm sie bei der Hand, was jene zuließ, und er fragte, ob
er denn gar keine Hoffnung habe, wenn er wiederkäme?
und er schmeichelte ihr und streichelte sie, und nannte sie
Schatzhauser, und Herzkäferle, und Skapulierläusle, und
schwätzte allerhand närrisches Zeug, wie denn verliebte
Leute zu tun pflegen. Das Mädle hatte aber endlich genug,
und sie sagte: er soll ihr auf die Kirbe kommen, und er ging
fort, lugte aber nochmal um und sagte: »Nichts für ungut.«
Und so wurde denn der Blitzschwab brav heimgeschickt,
und es war zwar grob, was sie gesagt, aber gut. Und die
Gesellen stimmten darin alle überein, daß sie eine wunder-
schöne Tochter sei, wie es denn die schwäbischen Mädle alle
sind, ausgenommen die wüsten[31]. Der Allgäuer selbst sagte:
»Bygost! Wenn die Föhl[32] aus dem Allgäu wäre, ich wüßte
nicht, was ich tät.« Dem Blitzschwaben aber wollte seit der
Zeit die Käther aus der Grafschaft Schwabeck nicht mehr aus
dem Kopf, und er nahm sich festiglich vor, er wolle ihr auf die
Kirbe kommen.

> *Wart e bissele,*
> *Beit[33] e bissele,*
> *Sitz e bissele nieder,*
> *Und wenn du e bissele g'sessen bist,*
> *So komm und sag's dann wieder.*

---

29   heiraten
30   dünnstehend, selten
31   garstigen
32   Mädchen, Tochter
33   warten, zögern

Wie die sieben Schwaben einem Bayern begegnen, und wie
sie ihn heimschicken

Außerhalb Mindelheim – das Nest ließen sie abseiten liegen, fürchtend, die Mindelheimer möchten Furcht vor ihnen
bekommen, wie vor dem feindlichen Reiter, der ganz allein
ihre Stadt eingenommen – bei Aurbach begegnete ihnen
ein Bayer, dem sie's sogleich an seinen Häs[34] ansahen, was er
für ein Landsmann sei. Er war ein Bräu[35] aus München und
hatte Säu ins Reich getrieben und dafür Hopfen eingehan-
delt in Memmingen. Der blieb am Weg stehen und ließ die
Spießmänner an sich vorbeigehen, und hatte Lust, sie aus-
zulachen. Der Blitzschwab fragte ihn, was er so luge. Ob er
nie einen Schwaben gesehen habe? »O ja«, sagte der Bayer,
»bei mir daheim in der Kuchel[36] gibt's zu Tausende.« »Potz
Blitz, Malefiz!«, sagte der Blitzschwab und ging auf den
Bayern zu, der ein Fetzenkerl[37] war und dem der Blitzschwab
kümmerlich bis an den Nabel reichte. Und eh der Bayer sich's
versah, sprang der Schwab an ihm in die Höh und gab ihm
eine solche wetterliche Ohrfeige, daß ihm das Feuer aus den
Augen schoß und die Ohren vom Schlag sausten. Der Bayer
aber, nicht faul, langte mit dem Arm weitmächtig aus, um
dem Schwäblein auch eine zu versetzen; und es wär' auch
eine Watsche gewesen, an die er sein Lebtag gedacht hätte.
Aber weil der Schwab ebenso geschwind wieder auf dem
Boden war, wie in der Luft, so schlug jener in den Wind hinein, so daß er sich umdrehte wie ein Triller[38] und stolperte
und fiel. Jetzt ging's über ihn her; der Blitzschwab packte ihn

---

34 Kleidung
35 Brauer
36 Küche
37 großer, unförmlicher Mensch
38 auf einem Pfosten liegendes Drehkreuz

an der Gurgel; die andern hielten ihn an Händen und Füßen und trommelten auf ihn los. Er wäre aber doch ihrer Herr geworden und hätte sie sämtlich in die Höhe geschupft wie ein Pfulben[39], wenn nicht endlich auch der Allgäuer wie ein Maltersack auf ihn gefallen wäre, der ihm drohte, er werde ihm das Licht ausblasen, wenn er ihnen den Schimpf nicht abbitten tät. Der Bayer mußte es denn wohl tun, und so ließen sie ihn gehen. Als er aber nach München zurück gekommen, ließ er an sein Haus, auf dem Anger, die sieben Schwaben malen zum ewigen Gedächtnis, allwo sie noch heutigestags zu sehen sind.

Das Kapitel vom Waldbruder

Wie sie denn weiter gezogen in die Kreuz und Quer, so kamen sie von ungefähr zur Klause eines Waldbruders[40]. Der saß soeben vor seiner Zelle, in einem Buche lesend. Sie riefen ihn an und baten ihn, mit herabgezogenem Käpple, wie's Christenmenschen geziemt, er möchte ihnen den rechten Weg weisen. Das Buch aber, worin der Klausner las, war ein Traktätlein *contra facetias*, das heißt zu deutsch: gegen die Fachsen. Und so wird sich denn der christliche Leser nicht wundern über die Rede, womit der fromme Mann die guten Sieben anließ; denn vor ihm stand nun ja, wie ihm däuchte, das lebendige Konterfei von Fachsenmachern. »Den Weg soll ich euch weisen, ihr Landfahrer? (hub er an) Wartet! die Schellen will ich euch stimmen, ihr Schalksnarren! die Federn will ich euch beschneiden, ihr Fatzvögel[41]! Den Grind will ich euch einäschern, ihr Fastnachtsbutzen[42]!«

---

39   Pfühl, Kissen
40   Einsiedler
41   Possenreißer
42   vermummte Personen zur Fastnacht

Der Seehaas unterbrach seine Rede, sprechend: Wie daß in dem großen Wald am Bodensee ein fürchterliches Ungeheuer hause ... Der Klausner ließ ihn aber nicht ausreden, sondern rief: »Herrgott im Himmel! Was für Höll-Lumpen hast du auf Erden! Da ziehen sieben Kalfakter[43] mit einmal herum im Reich, zu Schand und Spott des Schwabenlandes und der Christenheit! Gibt's denn nichts nützliches mehr zu tun in der Welt für solche Schlingel, die ihr seid? Gibt's keine Hafen mehr zu binden, keine Pfannen zu flicken, keine Scheren zu schleifen? Schert euch fort, ihr Scheurenburzler[44]! In den Stock mit euch, in die Geige, an den Galgenbaum, ihr Vaganten, ihr Lyranten, ihr Komödianten!« »Potz Blitz!«, sagte der Allgäuer, und »Bygost!« der Blitzschwab, vor lauter Staunen und Starren. Jener aber machte rechtsum mit dem Wiesbaum und zog die Sechse nach; und der Blitzschwab stimmte seine Fiedel und fing an ein Liedlein zu singen, so daß von dem weitern Schelten des Waldbruders nichts mehr zu vernehmen war.

Nutzanwendung des Autoris

Vielleicht, günstiger Leser, wird es meinem Büchlein von den Abenteuern der sieben Schwaben auch also ergehen, wie es den sieben Schwaben selbst ergangen; und daß irgend ein Sitten- und Splitterrichter es anschnurren möchte und verdammen als ein eitles Gedicht voller nichtsnutziger, ja ehrenrühriger Fachsen ... Günstiger Leser! Sag ihm dann, es gebe in der weiten Gotteswelt nicht nur fleißige Immen und geschäftige Ämsen, sondern auch Maivögelein, lustige; und man wisse nicht, ob und wozu die letztem nicht auch nutz seien. Mein Büchlein aber – sag ihm das – wolle niemanden

---

43 Müßiggänger
44 Landstreicherkinder

ärgern, sondern vielmehr jedermann ergötzen; und wem es nicht gefallen wolle, der könne es ja abweisen von seiner Tür. Die Schwalbe ziehe auch lustig durch die Welt und heime sich ein, wo man sie eben dulde, und bringe kein Unglück den Leuten ins Haus. Sie irre nicht einmal die Meise, die geschäftig das Rädlein treibt am Käfig, achte aber auch nicht der Nachteule, die in dem finstern Loche sitzt mit ihren glotzenden Augen.

Welches Lied der Blitzschwab gesungen

»*Guten Morgen, Spielmann,*
Wo bleibst du so lang?«
Da drunten, da droben,
Da tanzen die Schwaben
Mit der kleinen Killekeia,
Mit der großen Kumkum.

Da kommen die Weiber
Mit Sichel und Scheiben
Und wollen den Schwaben
Das Tanzen vertreiben
Mit der großen Killekeia,
Mit der großen Kumkum.

Da laufen die Schwaben
Und fallen in Graben,
Da sprechen die Schwaben:
Liegt ein Spielmann begraben
Mit der kleinen Killekeia,
Mit der großen Kumkum.

Da laufen die Schwaben,
Die Weiber nachtraben.
Bis über die Grenze

Mit Sichel und Sense:
»Guten Morgen, Spielleut,
Nun schneidet das Korn!«

Wie der Blitzschwab Händel bekommt mit dem Spiegelschwaben, und wie sie wieder gut Freund geworden

Es war schon Nacht, als die sieben Schwaben ins Freie und auf die Landstraße kamen. Und der Mond ging soeben auf. Da sagte der Spiegelschwab: »Jetzt haben wir's gewonnen, Memmingen ist nicht mehr weit.« Der Blitzschwab fragte ihn, wie er das wissen könne. »Werd' ja doch den Memminger Mau[45] kennen?« »Potz Blitz, wie blitzdumm!«, sagte der Blitzschwab. Dies kaum gesagt, hatte er schon seine Dachtel vom Spiegelschwaben, der alles leiden mochte, nur nicht, daß man ihn für dumm halten sollte. »Daß dir der Blitz ins Maul platz«, schrie der Blitzschwab, »du Lalle, du Ginkel, du Takel, du Kog[46] und so ging's eine ganze Litanei durch. Der Spiegelschwab wurde auch immer wilder, und so kamen sie denn einander in die Haare und rauften sich ab wie zwei Metzgerhunde. Da bat der Seehaas den Allgäuer, er sollte Frieden machen. Der ließ sich nicht lange bitten, sondern packte sogleich den Blitzschwaben am Hosenbändel und hielt ihn in der Luft wie einen Frosch, und er mochte zappeln, wie er wollte. Inzwischen ließ der Spiegelschwab nicht nach, dem Blitzschwaben aufs Brät[47] zu klopfen; und daher packte denn der Allgäuer ihn auch mit der Linken und hielt ihn am Leibe, unter der Gurgel, so keif[48] und fest, daß er bockstärr dastand und nicht mucksen konnte. »Bygost!«,

---

45   Mond, Anspielung auf Memminger Sage (A.d.V.)
46   Aas
47   Hinterteil
48   heftig

19

sagte er, »ich will euch Hores Mores lernen, ihr donner-schlächtige Strolkerle.« Und er schüttelte den einen und drosselte den andern immer ärger und ärger, bis sie endlich einander das Wort gegeben, daß sie wieder gut Freund sein wollten. Und das sind sie denn auch geblieben von der Zeit an bis in ihren Tod.

Was für eine Gefahr dem Spiegelschwaben gedroht, und wie er sich daraus errettet

»Durch Memmingen gehen wir nicht, obwohl drin gute digene[49] Würste zu haben sind«, sagte der Spiegelschwab. Und als man ihn fragte, warum; so sagte er, darum; und er müsse sich doch wohl am besten auswissen. »Sei's«, sagte der Nestelschwab, »wir können ja um die Mauern herum, und dann zum andern Tor hinaus.« Die sieben Schwaben gingen also um die Mauer herum durch die Hopfengärten. Aber da hat sich's denn wiederum augenfällig gezeigt, daß der Mensch seinem Schicksal nicht entgehen könne. Denn ehe sich's der Spiegelschwab versehen, sprang aus einem Hopfengarten ein Weib auf ihn zu, eine rechte Runkunkel[50], und schrie in einem Ton, der durch Mark und Bein ging: »Bist du endlich wiederum da, du Schlingel? Wo bist du so lange Zeit herumkalfaktert[51], du Galgenstrick?« Der Spiegelschwab erkannte in ihr sogleich seine liebe Ehehälfte, und er rief: »Helft mir, alle Heiligen! Der Teufel ist los!« und huschte in den andern Hopfengarten hinein. Das Weib ihm nach. In der Herzensangst fiel ihm eine List ein. Er hatte nichts zu tragen, weil er nichts hatte als das Bärenfell; das tat ihm nun guten Dienst. Er warf's in Eile über den Kopf,

---

49   geräucherte
50   dickes, hässliches Weib
51   herumgebummelt

schloff in die Bratzen und kreiste nun auf allen Vieren wie ein leibhafter Bär. Wie nun das Weib näher kam, richtete er sich auf und trappelte brummend auf sie zu. Die sah nicht sobald den Bären, als sie laut aufschrie und über Hals und Kopf davon rannte. Der Bär aber holte sie ein und drückte und herzte sie, daß ihr fast die Sinne vergingen. Dann ließ er sie los und ging den Gesellen nach. Seit der Zeit, als dieser Schwank kund geworden unter den Memminger Frauen, werden die bösen Männer von ihnen Brummbären genannt.

Wie sie gegen Wissen und Willen in die Stadt Memmingen
kommen und dorten Bierbeschau halten

Die sechs andern Schwaben aber waren weitergegangen und standen jetzt vor einem Tor, welches man ihnen, auf ihr Befragen, wie es heiße, Leutkircher-Tor nannte. »Da müssen wir also hinaus«, sagte der Nestelschwab, oder ein anderer, gleichviel welcher. Sie gingen also durch das Tor und kamen in die Stadt, ohne es zu wissen und zu wollen. Wie aber kein Unglück ohne Glück ist, so hat sich's hier auch begeben. Denn das erste Haus, das ihnen auffiel, war ein Wirtshaus, vor dem ein Maienbaum stand, und ober der Tür war zu lesen: »Hier schenkt man Märzenbier aus.« Als das unsere Schwaben sahen, dachten sie, umsonst sei das Märzenbier mitzunehmen. Der Wirt, der sie kommen sah mit dem großen Spieß, kam ihnen erschrocken entgegen und fragte, was sie schafften. Sie möchten ein wenig sein Bier kosten, sagte der Allgäuer, und er ging mit den Gesellen in die Zechstube. Der Wirt, vermeinend, sie seien abgesandt von der schwäbischen Kreisregierung, um in Schwabenland das Bier zu beschauen und zu schätzen, ob es pfennigvergeltig sei – was wohl not täte auch zu unsern Zeiten – der holte das beste, das er im Keller hatte, und es war noch nicht gut. Doch tranken die Gesellen eine Bütsche[52] um die andere aus; und wie sie's bis auf einen halben Eimer gebracht hatten, sagte der Wirt, er sehe mit Freuden, daß es ihnen wohlschmecke. Der Blitzschwab meinte, es könnte besser sein, und es sei zu wenig Malz und Hopfen drin. »Mit Verlaub«, sagte der Wirt, der ein Schalk war; »Hopfen und Malz ist nicht zu wenig drin, aber zuviel Wasser.« Drob lachten die Gesellen; und dem Blitzschwab fiel der Spruch ein, und er sagte ihn:

»Zu Langensalz könnte ebensogut Memmingen heißen«, sagte er.

> *»Zu Langensalz*
> *Braut man drei Bier aus einem Malz;*
> *Das erste heißet man den Kern,*
> *Das trinken die Bürgermeister gern;*
> *Das andere heißt das Mittelbier,*
> *Das setzt man gemeinen Leuten für;*
> *Das dritte heißt Covent,*
> *Trink dich potz schlapperment!«*

Drauf spielte er ein paar lustige Stücklein auf, dem Wirt zu Ehren.

Nachdem nun die Gesellen vollauf getrunken, so standen sie auf und gingen davon, als wären sie niemandem etwas schuldig. Der Wirt ließ sie gehen, in der obgedachten Meinung; und er sagte, daß es ihm eine große Ehre gewesen, und sie sollten nur das beste reden von seinem Bier. Das taten sie denn auch, und sie konnten sich nicht genug verwundern, daß man in Memmingen das Märzenbier ausschenke. Und so ward denn der Wirt gefoppt von seinen Landsleuten, ohne deren Wissen und Willen. Man sagt aber, daß ihm der freie Trunk wohl bezahlt worden sei von andern Landsleuten; wie man denn den Wirten gern viel Böses nachsagt.

---

52   großes, hölzernes Trinkgefäß

Wie unsere Schwaben durch das blaue Meer schwimmmen,
ohne zu ersaufen

Obwohl sonst ein wackerer Schwab, wenn es sein muß, seine fünf Mäßle Bier trinken mag auf einem Sitz, und er findet doch noch seine Wege und Stege, so haben doch unsere Schwaben zu tief in den Krug geguckt und ist ihnen nicht recht just gewesen im Kopf, wie sich aus folgendem zu ergeben scheint, was eine wahrhaftige Geschichte ist. Denn sie waren kaum außer dem Tor, so verirrten sie sich in den Hopfengärten und verloren die Landstraße, und der Spiegelschwab suchte sie vergebens einzuholen auf dem Weg nach Leutkirch. Wie sie aufs freie Feld kamen, sagte der Allgäuer: »Bygost! Es ist ein Ding; haben wir keinen Weg, so machen wir uns einen; die Iller werden wir doch finden, und dann kann die Brücke auch nicht weit davon sein.« Und so ging es denn fort über das Brachfeld hopp, hopp, und der Allgäuer blies, der Blitzschwab sang »Ich laß ein klein Waldvögelein« usw., der Knöpfleschwab keuchte und stolperte und fiel ein um das andere Mal, und mußte gleichwohl wieder aufstehen. Inzwischen fing es an dunkel zu werden, und sie irrten umher, obwohl der Allgäuer von fern noch den Grindten[53] sehen mochte. Da standen sie auf einmal an einem Abhang, und unten, so däucht's ihnen, lag ein See, der Wellen schlug. Es war aber ein Feld voll Flachses, der in der Blüte war, und da der Wind heftig blies, so wallte und wogte es wohl; aber es war kein Wasser. »Potz Blitz!«, rief der Blitzschwab, »was ist da zu machen? Durch müssen wir, sonst kommen wir nicht an Ort und Stelle. Allgäuer, mach den großen Christoph und trag uns hinüber!« »Bygost!«, sagte der Allgäuer, »ins Wasser mag ich wohl gehen, aber weiter nicht, als bis an den

---

53   hoher Vorberg im Allgäu

Hals.« Der Nestelschwab lamentierte, er könne nur mit einer Hand rudern, indem er mit der andern die Hosen zu halten habe, und der Knöpfleschwab stand betrübt da und lugte ins Wasser hinab, um zu schauen, ob keine Walfische drin seien. Das sah der Blitzschwab, und er ging ganz stät hinterrucks auf ihn zu und sagte: »Frisch gewagt ist halb geschwommen«, und gab ihm einen Stoß, daß er, plumps! drunten lag. »Der sinkt nicht«, sagte der Gelbfüßler, »es muß doch nicht tief sein, da kann man's wagen«, und hupfte flink und frisch hinunter wie ein Laubfrosch. Dem folgte der Blitzschwab, nachdem er sich vorher in die Hände gespien und einen tüchtigen Anlauf genommen hatte. »Bygost!«, sagte der Allgäuer, »der letzte will ich auch nicht sein«, und warf den Spieß voraus und hupfte nach. Der Nestelschwab aber hatte sich an dessen Hosenbändel gehängt und fiel darum unten gemächlicher auf als die übrigen; und war dies das einzige Mal, daß er gescheit getan. Da lagen sie nun alle, anfangs unbeweglich wie Holzblöcke, dann rührten und streckten sie ihre Glieder, wie halb zerstampfte Würmer, dann krochen sie allmählich heraus, wie Schnecken aus ihrem Häusle, endlich standen sie wiederum da wie andere Menschen und sagten kein Wörtle, sondern griffen bloß nach ihren Rippen, ob sie noch ganz seien. Und nachdem sie den Spieß aufgefischt hatten, zogen sie querfeldein weiter.

Wie der Allgäuer die Landstraße findet, aber bald ersoffen wäre

Es war schon finstere Nacht, und sie hatten die Landstraße immer noch nicht gefunden. Endlich rief der Allgäuer: »Bygost! Nun haben wir die Straße und sind auf dem rechten Weg.« Sie standen aber an der Iller, und der Allgäuer hatte den hellen Wasserstreif für die Landstraße angesehen. Und er schritt frisch vorwärts, und die andern blindlings nach. Plumps! lag er im Wasser. »Bygost! Ich ersauf!« Mehr konnte er nicht sagen, denn er war schon über den Hals darin. Die andern sprangen alle weidlich davon; nur der Knöpfleschwab blieb und half. Denn, um nicht immer zu stolpern und zu fallen, hatte er sich mit einem Bändel an den Wiesbaum angeschirrt und konnte darum nicht loskommen, und blieb, so dick und breit er war, auf demselben Flecken. So mochte denn der Allgäuer sich wieder gemächlich herausarbeiten. Ohne den Knöpfleschwab wäre er sicherlich hin gewesen samt dem Spieß. Und war dies das einzige Heldenstück, das der Knöpfleschwab getan auf der ganzen Fahrt; was aber drum um so weniger verschwiegen werden durfte, um den Schwaben aus jeglichem Gau Gerechtigkeit widerfahren zu lassen. Auf das mörderische Geschrei, das die Gesellen erhoben, kam auch der Spiegelschwab herbei, der an der Brücke auf sie gewartet hatte; und da er alle Wege und Stege in der Gegend wußte, so führte er sie auf die rechte Straße; und im nächsten Wirtshause kehrten sie ein und hielten ihr Nachtquartier.

Einige Stückle vom Nestelschwaben, woraus hervorzugehen scheint, daß er kein Schwab gewesen

Es geht die Sage, daß einmal ein Schwab gebeichtet habe; und nachdem er einige Sünden bekannt, habe er plötzlich inne gehalten. Auf die Frage des Beichtvaters, ob ihm noch etwas auf dem Herzen liege, habe der Schwab gesagt, ja, eins drücke ihn noch, aber er schäme sich, es zu sagen. Der Beichtvater: Er solle nur frei von der Brust weg reden. Hierauf der Schwab: »Ich bekenne, daß ich – – ein Schwab bin.« Darob hatte ihn der Beichtvater getröstet und gesagt: »Nun, eine Sünde ist's eben nicht, aber schön ist es freilich auch nicht.« Ist's nicht ein anderer Schwab gewesen, der also gebeichtet, so ist's sicherlich der Nestelschwab gewesen. Denn der war wirklich sünddumm wie ein Schaf; aber auch – zu seinen Ehren sei's gesagt – ebenso geduldig und von gutmütiger Art. Darum hatten auch die andern ihre Fuhr mit ihm, und er mochte es auch wohl leiden.

Einstmals sollte er mit dem Gelbfüßler wettlaufen. Das konnte er nicht. Da sagte er: »Ich glaub' es wohl, daß ich dir nicht nachkomme; du hast Stiefele an, mit denen langt man weiter, als mit den Schuhen.«

Ein andermal fragte ihn der Spiegelschwab, wenn er den Hut gäbisch[54] aufsetze, was dann das Vorderteil und was das Hinterteil wäre? Das konnte er nicht herausbringen, obwohl er den Hut hin und her rückte auf dem Kopf und ihn von vorn und hinten besah.

Wieder ein andermal fragten sie ihn, wie sein Name sei. Er antwortete: »Meine Mutter hat gesagt, ich heiße wie mein Vater.« Wie aber denn sein Vater geheißen? Antwort: »Wie ich, hat meine Mutter gesagt.« Man fragte weiter, wie sie miteinander geheißen. Da bedachte er sich, und sagte endlich: »Einer wie der andere.« – Die Zigeunerin mochte ihn wohl gekannt haben, als sie sagte: »Den Esel kennt man an den Ohren«; und sie hat gewußt, daß Ratzen auf seinen Hirnkasten gekommen. Aber was es für ein Landsmann gewesen, das hat sie doch nicht erraten, sonst hätte sie's gewiß gesagt, und wir wüßten nun auch, was wir nicht wissen.

Wie die sieben Schwaben aufgefangen und eingesetzt werden

Des andern Morgens zogen die sieben Schwaben in guter Laune weiter und unterhielten sich mit den Abenteuern von nächten[55] und lachten sich einander wacker aus. Als sie vor

---

54   verkehrt
55   gestern

Kronburg vorbeikamen, guckte eben der Junker von und auf Kronburg aus dem Fenster und sah die Gespanen vorbeiziehen. Da rief er seinen Schergen und sagte: »Lug einmal, was das für Leute sind; es mögen wohl Landfahrer sein oder sonst so eine Bagasche.« Der Scherg nahm sieben Bullenbeißer mit und stieg den Berg hinab, den Schwaben entgegen. Sie sollten ihm folgen ohne Umschweif, sagte er, und die Hunde bleckten die Zähne. Man muß wohl der Obrigkeit Gehorsam leisten, dachten die sieben Schwaben und folgten ihm ohne Umschweif. Der Knöpfleschwab allein war saumselig, und er mußte ein paarmal zur Pflicht gehetzt werden. Wie sie vor dem Junker erschienen, fragte der sie: »Woher? Und wohin? Und wie? Und warum?« Und der Seehaas erzählte getreulich: Wie daß in der Gegend am Bodensee ein schreckliches Tier hause, und da hätten sie sich denn als brave Landsleute und biedere Männer zusammengetan aus allen schwäbischen Gauen, um das Land vom Ungeheuer zu befreien. Das glaubte aber der Junker nicht, sondern blieb bei seiner Meinung, sie seien Strolche und Diebsgesindel, und ließ sie in die Keiche[56] stecken.

> »So geht es in Schnitzlebutz Häusle,
> Da singen und tanzen die Mäusle
> Und bellen die Schnecken im Häusle – «,

hat der Blitzschwab in der Keiche gesungen, aber ganz still, wie ein Mäusle.

Wie die sieben Schwaben sich aus der Gefangenschaft befreien

Es sagt aber die Geschichte, daß der Junker von Kronburg tags zuvor, als ihn eben das Zipperlein plagte, den patrioti-

---

56   Kerker

schen Entschluß gefaßt, zur Aufrechthaltung der Ordnung und Sicherheit im schwäbischen Kreis und zur Beförderung der Aufklärung und Sittlichkeit unter dem gemeinen Volk ein Zuchthaus zu stiften und in seinem Schloß anzulegen; woher es denn kam, daß er, den Kopf noch voll von diesem Plan, die sieben ehrlichen Schwaben als Spitzbuben ansah und einstecken ließ. Denn sonst war er ein gar niederträchtiger[57], frommer und milder Herr, der sogar seinen eigenen Bauern nicht mehr Wolle abschor, als er eben nötig hatte, um sich selbst warm zu kleiden. Und so befahl er denn, daß man den Gefangenen Nahrung reichen sollte, so weit sie des bedürften. Der Spiegelschwab, der ihn wohl kannte und wußte, daß Schmalhans in dessen Küche und Keller hauste, legte seinen Plan drauf an, welchen er den Gespanen mitteilte. Wie also der Scherg mittags eine große Pfanne voll Milchspätzle brachte, sagte der Blitzschwab zum Knöpfleschwaben: »Die gehört wohl für dich.« Der Scherge meinte, das sei für alle genug. Der Knöpfleschwab aber sagte, er wolle lugen, ob's für ihn lange. Und er aß die Pfanne allein aus, so daß er kein gottiges[58] Spätzle leibte[59], und die Schubet[60] noch zusammen schärrte, als hätt's ein Hund ausgeschleckt. Das hinterbrachte der Scherg seinem Herrn und sagte: Man müßte nur gleich eine Brente voll Spätzle auf einmal kochen, und er wette, es sei noch nicht genug. Da ging der Junker von und auf Kronburg in sich und meinte, er sei dem schwäbischen Kreis und der Menschheit kein so großes Opfer schuldig, daß er sich aushungern lassen sollte in seinem Schloß um einiger weniger Strolche willen. Und er befahl, die Sieben sollten sogleich in Freiheit gesetzt werden. Der Amtsherr aber gab ihnen wohlweislich noch

---

57   leutselig, freundlich zu Personen niederen Standes
58   einziges
59   übrig ließ
60   Kruste von Speisen, die sich am Kochgefäß ansetzt

einen Steckbrief mit, um andere Leute vor ihnen pflicht-
schuldigst zu warnen.

Wie die sieben Schwaben einer Herde Vieh begegnen, und wie
der Allgäuer ein Stiergefecht hält

Bei Leutkirch (ist ein Nest, halb städtisch, halb bäurisch)
mußten die sieben Schwaben mitten durch eine Herde
Ochsen und Küh' und Kälber und Roß und Huischele[61] und
Schaf' und Böck', war alles durcheinander, schier wie die
schwäbischen Herrschaften. Da, beim Vieh, war der Allgäuer
so recht zu Haus, und er zog die Gespanen, sie mochten nun
wollen oder nicht, mitten durch, und hüst und hott, und
hinter sich und für sich. Dies mochte den Gemeind-Hag[62]
verdrießen, und er ging brummend und schwänzelnd auf
die sieben Schwaben los. Die nahmen sogleich reißaus und
liefen, was sie laufen konnten, nach dem nahen Zaun, wo sie
sich hinaufschwenkten und sich festhielten an den Stauden,
so daß es aussah, als nisteten Wiedhöpfe drauf. Nur der
Allgäuer räumte das Feld nicht; und wie er denn als ein ganzer Kerl beim Zeug war, wenn er's mit Ochsen zu tun hatte,
so ließ er den Mollen ganz geruhig auf sich zukommen, und
mir nichts dir nichts hatte er ihn bald beim Kragen, bald
beim Schwanz, und zog und wurde gezogen, je nachdem er
oder der Stier Herr und Meister war. Dies Spektakel dauerte
eine ziemliche Weile, und die Wiedhöpfe auf dem Zaun lugten der Unfuhr zu und hatten ihre Gaudi an dem Mut und
der Geschicklichkeit des Allgäuers. Das Gefecht kam aber
näher gegen den Zaun hin, und der Ochs ersah sich seines
Vorteils, so daß der Allgäuer Zeit hatte, sich zu ducken und
durch den Zaun zu schliefen, sonst wäre er gespießt worden.

---

61   Fohlen
62   Zuchtbulle

Der Stier aber, voller Zorn, rannte hier und dort gegen den Zaun an, und hier und dort, wo er anrannte, fiel ein Schwab um den andern herunter. Die schrien eines Schreiens um Schutz und Hilfe; und der Allgäuer, der sich ihrer erbarmen wollte, hupfte über einen Stiegel[63] und ging wieder auf den Brummer los, und schimpfelte mit ihm so lang, bis die Gespanen sich hinter den Zaun gerettet hatten und nun aussahen wie Hasen, die über ihren Jungen hocken. Dann nahm auch der Allgäuer wieder reißaus; und der Hag und er sahen sich noch lang über den Zaun an, bis jener endlich den Gescheitern machte und davonging. Dann holte der Allgäuer den Spieß, und die sieben Schwaben zogen wieder fürbaß. Der Seehaas aber dachte in seinem Herzen: Wenn's der allein mit einem Ochsen aufnimmt, so kann's uns gar nicht fehlen, da wir unserer sieben sind.

Noch ein paar Stückle vom Nestelschwaben

Da den sieben Schwaben eben jetzt nichts begegnet, indem sie Mittagszeit halten, so habe ich Zeit, noch ein paar Stückle vom Nestelschwaben zu erzählen. Eines Tags kamen sie vor einem Weiher vorbei, drin abgestandene Fische lagen. Da sagte er, es sei doch schade, daß man die schönen Fische habe versaufen lassen.

Wie sie einmal durch ein Dorf gingen, schlug es gerade drei. Da zählte er die Schläge, sagend, eins, eins, eins. Als die Uhr ausgeschlagen, fragten sie ihn, wieviel es sei. Worauf er antwortete, er wisse es nicht, denn er habe es nicht zusammengerechnet.

Einstmals fragte ihn der Blitzschwab, ob er auch schwören könne, und er solle mal einen recht höllischen Fluch tun.

---

63   Stufe

Da nahm er die Kappe ab und sagte: »Mit Verlaub, daß dich das Mäusle beiß!« Und war dies sein größter Fluch, den er wußte. Der Blitzschwab hätte ihm schon kräftigere Stoßseufzer dieser Art lehren können, denn der konnte fluchen, was der Brief vermag; und es wären Beispiele genug anzuführen, wenn nicht zu befürchten wäre, ein christliches Ohr zu ärgern.

Noch ein Stückle: Eines Tages gingen sie vor einem großen herrschaftlichen Weiher vorbei, und ein Schiff war vom Winde losgerissen, und zwei kleinere neben dem größern schaukelten hin und her auf dem Wasser. Da schüttelte er den Kopf und sagte: »Kurios, daß doch alles, was klein ist, gern schimpfelt und spielt«; vermeinte, daß die kleinen Schiffe neugeboren, und das große ihre Mutter wäre.

Diese und andere Stückle erzählt man von ihm; ich kann aber nicht gutstehen, daß sie wahr seien; denn es ist böser Leute Gewohnheit, daß sie einem, der einmal ein Kläpperle hat, zehn und hundert anhängen.

Von einem fahrenden Schüler, und was er von Schwabenstreichen erfahren

In der Herberg, wo die sieben Schwaben diesmal übernachteten, trafen sie einen fahrenden Schüler an, und als sie ihn fragten, was er für ein Landsmann sei und was er auf Reisen tue, antwortete er, er heiße Adolphus und sei ein geborner Schwab; er habe aber viele Jahre im Norden studiert und ziehe nun im Süden umher, um Geschichten von den bekannten Schwabenstreichen zu sammeln, welche er dann im Druck ausgehen lassen wolle. Der Seehaas sagte, er solle nur mit ihnen gehen, da könne er mehr als genug erfahren. Der Spiegelschwab aber raunte dem Allgäuer ins Ohr, er solle ihm nur gleich die Streiche fühlen lassen; der aber meinte, man müsse die Gelegenheit nicht vom Zaun brechen, sie werde sich schon finden. Und sie fand sich bald. Nachdem sie nämlich zu Nacht gegessen, legten sie sich auf die Streu, und der Allgäuer kam neben dem Studenten Adolphus zu liegen. Der sagte zu ihm, ehe sie einschliefen, er solle nicht erschrecken, wenn er des Nachts umherschlage mit der Faust; es sei bloß eine Disputation und habe nichts zu bedeuten. Der Allgäuer sagte, disputieren sei ja nichts Unrechtes; er tue es auch oft im Traum mit seinen Ochsen, wenn sie nicht vorwärts wollten. In der Nacht kam wirklich dem Studenten Adolphus das Disputieren in den Kopf und in die Faust, und er gebärdete sich so hitzig, daß er dem Allgäuer auf die Nase schlug, der darob erwachte. »Bygost!«, dachte er, »der hat schwere Träume, die muß ich ihm wohl vertreiben, wenn ich Ruhe haben soll.« Und er nahm eine Geißel, die an der Wand hing, und schnalzte lustig auf den Studenten Adolphus los, schreiend: »Hott, Bräunle! Wist, Bläsle! jhi, hott, wist!«, und hieb dabei in die Kreuz und Quer. Der Student Adolphus schrie Zeter Mordjo. Aber der Allgäuer tat, als ob er fortträume, und trieb die Ochsen noch mehr an, indem er den Geißelstecken umkehrte und dreinschlug, was er konnte. In der Höllenangst wußte der Student Adolphus nicht, woan und woaus; da riß er ein Fenster auf, und der Allgäuer half ihm nach und gab ihm noch eine Schlappe auf den Weg mit. – Und so hatte denn der Student Adolphus von den Schwabenstreichen genug erfahren am eignen Leib; weiß aber nicht, ob er sie auch eingetragen habe in sein Buch.

Du Stupfer, du Hauser,
Du Rupfer, du Zauser,
Du Lecker, du Lauser,
Du Schlecker, du Mauser,
So soll es dir gehn,
Recht ist dir geschehn,
So soll es dir gehn.

Wie der Spiegelschwab einen Tiroler foppt und von ihm wiedergefoppt wird

In der Herberg, wo sie übernachtet, war auch ein Tiroler zugegen, der mit Theriak[64] und Schneeberger handelte. Nun sind, wie bekanntlich, die Tiroler nicht so dumm, als wofür sie sich ausgeben wollen, sondern sie haben's faustdick hinter den Ohren. Und darum, wenn andere Schimpf und Glimpf mit ihnen spielen und Trumpf sagen, so sagen sie Stich. Und so geschah es denn auch, als der Spiegelschwab ihn aufziehen wollte und ihn fragte, welche Sprache die feinere sei, die schwäbische oder die tiroler. Da antwortete jener, die tiroler sei von Loden und die schwäbische von grobem Tuch.

Weiter fragte ihn der Spiegelschwab, wenn ein Schwab und ein Tiroler beisammen seien, wer von ihnen wohl der dümmste sein möge. »Einer um den andern«, sagte der Tiroler.

Darauf fragte der Spiegelschwab, wann denn die Tiroler anfangen täten, gescheit zu werden? Der Tiroler sagte: »Die Schwaben, sagt man, werden halter im vierzigsten Jahr gescheit, und die Tiroler im fünfzigsten; aber, sagt man, die Tiroler holen die Schwaben bald wieder ein.« – Und so foppten sie denn einander und blieben demungeachtet beide gut Freund. Woraus hervorgeht, daß die Schwaben wohl Spaß leiden mögen, wenn's mit guter Meinung geschieht.

Vor dem Abschied sagte noch der Spiegelschwab zum Tiroler: »Laß dir meinethalb noch ein Käntle Branntwein einschenken!« Das tat der Tiroler, und er trank ihm Gesundheit zu und sagte: »Dank für die Bezahlung!« Und so mußte denn wohl der Spiegelschwab Ehren halber bezahlen und war wiederum der Gefoppte.

---

64   Heilmittel

*Wie die sieben Schwaben einem Juden begegnen, der sich mit
ihnen in einen Handel einläßt*

Zwischen Weingarten und Ravensburg begegneten die sieben Schwaben einem Juden. Wie der Spiegelschwab dessen ansichtig wurde, sagte er: »Den wollen wir schröpfen.« Sie gingen daher auf ihn zu und hielten ihm den Spieß vor; und der Blitzschwab schrie: »Zahle oder zable!« Jener sagte: »Bin ein armer Jud; hab nix bei mir, als wenig Lumpengeld; das ist nit für ehrliche Leut.« »Bygost! Das sind wir«, sagte der Allgäuer; »aber beiten[65] mußt du uns; und mach nur nicht viel Umständ.« »Na«, sagte der Jud, »ich beite nicht heute, muß sonst borgen auf morgen, und der Morgen schiebt's auf übermorgen.« Hat den Spruch, denk ich, sicher von der alten Hex', der Zigeunerin, gelernt.

»Potz Blitz«, sagte der Blitzschwab, »hältst du uns für Lumpen, die nicht bezahlen wollen?« Drauf der Jud: »Ehrlich wollen wir alleweil sein; wir können's aber nicht alleweil sein.« Und so hielt er denn allen ihren Reden Stich; und wenn sie ihm gleich drohten, er müsse sonst morixeln[66], so sahen sie ihm nicht danach aus, daß sie mit dem Spieß Ernst machen wollten. Und er blechte nicht aus. Da nahm ihn der Spiegelschwab auf die Seite und sagte zu ihm: »Mauschele, weißt was? Wenn du doch nicht anders willst, so laß uns einen Handel machen; ich will dir die Bärenhaut da geben.« Der Jud riß die Augen angelweit auf und spitzte das Mäule, und redete gar freundlich und sagte: »Na, was mag sie wohl wert sein? Sechs Batzen geb' ich drum.« Und sie wurden des Handels eins um einen Taler. Der Jud gab das Geld hin, aber der Spiegelschwab die Haut nicht; denn, sagte er, er habe wohl vorher gesagt, daß er ihm die Bärenhaut geben wolle; jetzt

---

65   borgen
66   sterben

34

aber sei er eines andern Sinnes geworden. Der Jud mußte sich's wohl gefallen lassen, denn es waren ihrer sieben gegen einen. Auch hatte er keine sonderliche Ursache, sich um den Taler zu balgen, wie sich's bald darauf gezeigt hat.

Wie die sieben Schwaben sich die Ravensburger Würste schmecken lassen, und wie sie ihnen bekommen

Als die sieben Schwaben in Ravensburg angekommen, kehrten sie sogleich im nächsten besten Wirtshaus ein und verlangten sieben Ellen Ravensburger Würste. Und nachdem der Wirt sie gebracht, sagte der Knöpfleschwab, um keine Händel zu bekommen während dem Essen, wäre es am besten, ein jeder nähme das Maß nach seinem eigenen Leib und die Länge der Wurst danach. Der Allgäuer gab ihm recht; und wenn der einem recht gab, so galt's. Also verteilten sie die Würste, und dem Nestelschwaben, an den zuletzt das Messen kam, blieb nur ein kleines Zipfele übrig; das steckte er ein, denkend: Wenn die andern nichts haben werden, so werde doch ich etwas haben. Der Spiegelschwab – denn so hatten sie's ausgemacht – gab den Taler hin, um den er den Juden betrogen, und verlangte gute gangbare Münz heraus. Als aber der Wirt den Taler genauer ansah, merkte er, daß er falsch sei; und er schickte insgeheim nach den Stadtknechten, welche kamen und die sieben Schwaben auf das Rathaus führten. Da wurden sie angeklagt als Falschmünzer und Gaudiebe, und es war drum und dran, daß sie gehenkt werden sollten. Und da hätte kein »Bygost!« des Allgäuers geholfen und kein »Potz Blitz!« des Blitzschwaben und kein Lamentieren der übrigen – wenn nicht der Jud für sie eingestanden wäre. Das ist aber so zugegangen. Der Jud hatte ihnen den Rang abgelaufen und war mit ihnen zu gleicher Zeit in die Stadt gekommen, und er klagte sie bei der Obrigkeit an als Straßenräuber.

Den bemerkte nun in einem Eck der Spiegelschwab, und er sagte: »Der ist der Falschmünzer.« Der Jud mochte leugnen, wie er wollte, er wurde beim Schopf genommen und in Eisen geschlagen; denn zur damaligen Zeit hatten sieben Christenmenschen noch mehr Kredit, als ein Jud, wogegen es in unsern Zeiten der umgekehrte Fall zu sein scheint. Da aber einmal die Gerechtigkeit im Gang war und überdies noch der Steckbrief bei ihnen gefunden wurde, so ward im Rat beschlossen, daß jeder von ihnen dreißig Prügel minder einen bekommen solle, und das von Rechts wegen. Darauf wurden sie frank und frei gelassen. Und die Zech für dieses Traktament sind die sieben Schwaben und ihre Landsleute den Ravensburgern noch schuldig. Was aber den Juden anbelangt, so weiß ich nicht, was die Zigeunerin ihm prophezeit hat; ich denk' aber, er lebe noch, wenn er nicht gehenkt worden.

Wie die sieben Schwaben vor einem Galgen vorbeigehen und einen Gehenkten befreien

Außer Ravensburg kamen die sieben Schwaben vor einem Galgen vorbei. Du mußt aber wissen, wenn du es nicht schon weißt, günstiger Leser, daß es nirgends mehr Galgen gibt im ganzen Deutschen Reich, als im Schwabenland; woraus du jedoch nicht den Schluß machen darfst, daß dort die Spitzbuben zu Haus seien, sondern sie laufen eben aus allen übrigen Gegenden Deutschlands zusammen, wo sie wissen, daß sie niemand fängt und hängt. Der Ravensburger Galgen stand aber nur selten leer und war zu derselbigen Zeit der berühmteste nach dem Buchloer, an dem meistens ein halb Dutzend zugleich hingen. Und so pampelte denn auch einer an jenem Galgen, und er schien noch ein Frischling und nicht über einen Monat alt zu sein. Da fiel dem Spiegelschwaben ein, daß ein Diebsfinger geheime Kräfte habe, und man könne zu Geld kommen, ohne daß man es, was man so nennt, stehle. Er wollte daher dem Patron einen Finger abschneiden, vermeinend, daß er ihm doch nimmer weh tue; er krächselte den Galgen hinauf und setzte sich grattlings[67] auf die Schultern des armen Sünders. Da brach der Strick, und er fiel mit samt dem Toten herunter, der, weil er ganz starr war, aufrecht an das Lander[68] sich hinlehnte, als wollte er drüber steigen, und der Spiegelschwab saß noch auf ihm. Das sahen die andern Gesellen; und im ersten Schrecken vermeinten sie, der Schacher sei lebendig geworden und wolle ihnen nachlaufen. Und sie rannten davon wie Spitzbuben, ohne umzuschauen, und rannten immer mehr, da sie hörten, daß wirklich einer hinter ihnen her trotte – es war aber der Spiegelschwab, der auch nicht säumte – und sie wären vielleicht fortgerannt bis ans Ende der Welt, wenn ihnen nicht endlich der Schnaufer ausgegangen wäre. Da sahen sie nun wohl, daß niemand hinter ihnen her sei; aber nehmen ließen sie sich's nicht, es sei dem wirklich so gewesen, und der Spiegelschwab war derselben Meinung. »Der hat sicher den Gescheitern gemacht und ist nach Haus gelaufen; und die Ravensburger mögen sehen, wie sie ihn wieder bekommen« – so sagte einer; ich sag's aber nicht, wer es gesagt hat.

Wie der Blitzschwab das Heimweh bekommt, und wie ihn der Spiegelschwab davon kuriert

Sei's, daß die letzten Abenteuer, besonders die Stockprügel in Ravensburg, unseren Helden in die Glieder gefahren, oder haben sie's zu Gemüt genommen, daß Zeit und Ort, wo sie das halsbrechende Abenteuer bestehen sollten, immer näher

---

67 rittlings
68 Geländer

kämen, oder was es sonst gewesen sein mag: kurz, sie wurden von Stund zu Stund däsiger und ließen den Kopf hangen wie Schafe, die man zum Metzgen führt. Besonders aber gebahrte sich der Blitzschwab ganz traurig und ächzte und wehleidete, als hätte er das Bauchgrimmen. Es war aber eine Herzenssache, und er hätte wohl singen dürfen, wenn er gemocht hätte:

> *»Ich weiß nit, wie mir ist.*
> *Ich bin nit krank und bin nit g'sund.*
> *Ich bin blessiert*
> *und hab kein Wund.«*

Denn er dachte an das Kätherle aus der Grafschaft Schwabeck, und daß er ihr nicht auf die Kirbe kommen könnte. Ob diesen Gedanken wurde ihm das Herz ganz sehr, und er kriegte das Heimweh. Und wie die andern den Imbiß zu sich nahmen, aß er nichts; und als sie aufstanden und weiter gehen wollten, blieb er hocken und legte den Kopf in die Hände und heinte[69]. Als dies der Spiegelschwab sah, der sein Freund war, fragte er ihn, was ihm fehle. »Laß mich ung'heit[70]!«, sagte jener und fing an laut zu flarren. Sein Freund aber setzte sich zu ihm und tröstete ihn und ließ nicht ab vom Fragen. Jener konnte aber vor lauter Schluchzen nichts vorbringen als: »'s Kätherle!« Nun wußte der Spiegelschwab, wie er dran war, und er redete ihm freundlich zu und sagte: »Sei kein Weiberknecht!«
Indem ging soeben der Augsburger Bot vorbei, der die Postzeitung durch das Reich trug. Wie den der Blitzschwab sah, sagte er: »Mit dem geh ich, und ich laß mich nicht halten, und ich will und muß fort.« Da rief der Spiegelschwab den Boten an: »Landsmann!«
Der Bot: »He!«

---

69   weinte
70   ungeschoren

Der Spiegelschwab: »Kennst du das Kätherle aus der Grafschaft Schwabeck?«

Der Bot: »Mein' wohl; sie ist ja das schönste Mädle im ganzen Reich.«

Der Spiegelschwab: »Nu so sag ihr, ich laß sie grüßen, und wenn sie einen Rotzer zum Mann haben will, so soll sie den da nehmen.«

»Potz Blitz!«, rief der Blitzschwab und sprang auf; »Bot, Halts Maul und lüg nicht, oder daß dich die Ritt schütt![71] Du – Du –« Und er hatte den Boten schon an der Gurgel gepackt, der sich seiner genug zu wehren hatte. »Um aller Heiligen willen«, sagte der Bot, »ich will ja gern das Maul halten, sagt mir nur, was ich ihr sagen soll.« »Erstlich«, sagte der Blitzschwab, »sag ihr, daß ich ein braver, rechtschaffener Kerl bin; und zweitens«, sagte er, »sag ihr, daß ich ihr gewiß auf die Kirbe kommen werde; und drittens«, sagte er, »sag ihr, daß ich sie grüßen lasse.« Und drauf druckte er dem Boten einen Albus[72] in die Hand, und der Bot versprach gute Ausrichtung.

> »Ich weiß nit, wie mir ist,
> Ich hab erst heut den Doktor gefragt,
> Der hat mir's unters Gesicht gesagt:
> Ich weiß wohl, was dir ist,
> Ein Narr bist du gewiß.
> Nun weiß ich, wie mir ist.«

Hiermit endet das Liedlein.

---

71 dass dich das kalte Fieber schüttele
72 frühere, rheinländische Münze

Wie der Nestelschwab seine Mutter findet,
aber seinen Vater nicht

Vor Markdorf am Weg beim Brunnen saß ein altes Mütterle, die hatte Brillen auf und lugte so vor sich hin, als suchte sie etwas. Und wie die sieben Schwaben vorbeigingen, glaubten sie, es sei die Zigeunerin, und gingen auf sie zu. Die sah auf, und als sie einen nach dem andern angelugt, rief sie plötzlich: »Rudeli, liebs Sühnli!« Der Nestelschwab merkte, daß dies seine Mutter sei und sagte: »Mämmeli, do bini jo!« Jene sagte: »Chetzer! wo bisch denn so lange Zit g'sin?« »In der Welt«, sagte der; und er griff in den Sack und gab ihr das Zipfele Wurst hin, das er seinem Maul abgespart hatte in Ravensburg, und sagte: »Gott g'segnis!« Die Mutter sagte: »Luser[73], wie sieht's auf dinem Grind[74] us? Laß lugen.« Und Rudeli legte sich demütig nieder und tat seinen Kopf in ihren Schoß, und die Mutter strehlte ihm sein Haar und suchte, was sie suchen konnte. Als die Mutter mit Rudelis Grind fertig gewesen, sagte sie, jetzt solle er bei ihr bleiben. Der aber fragte den Seehaasen insgeheim; und als dieser ihm zugeredet, sagte er zur Mutter, er müsse vorerst noch Taten tun, und die Mutter solle nur hier auf ihn warten, dann wolle er mit ihr zurück ins Schwyzerland. Die Mutter bat: »Rudeli, liebs Rudeli!« Rudeli aber blieb dabei, er müsse Taten tun. Und er ging zu den Gesellen und mit ihnen weiter. Unterwegs fragte ihn der Seehaas, ob er denn also ein Schweizer sei? Er antwortete, seine Mutter sei aus der Schweiz und habe als Marketenderin gedient unter den Rotmäntlern. Und so wissen wir denn bis heutigstags noch nicht, was der Nestelschwab für ein Landsmann gewesen, und ob er schon aus der Schweiz keinen Verstand mitgebracht oder ihn erst in Schwaben verloren habe.

---

73   Lauser (zärtlich gemeint)
74   Schädel

Wie die sieben Schwaben des Sees ansichtig werden,
und was sie dazu sagen

Als die sieben Schwaben des Sees ansichtig wurden, sagte der
Seehaas: »Das ist der Bodensee.« Sie blieben stehen und rissen Aug und Maul auf und lugten eines Lugens. »Bygost!«,
sagte der Allgäuer, »das ist eine Lache, so groß, man könnte
den Grindten drin versäufen.« Und der Spiegelschwab fragte
den Seehaasen, ob das Wildenten seien, so man dort in der
Ferne sehe? Es waren aber Schiffe. Und der Gelbfüßler: »Ob
jenseits drüben auch Leute wohnen wie diesseits?« Und
einer um den andern fragte dies und jenes, und der Seehaas
erzählte und sagte, es sei dies das deutsche Meer – müßten
sie wissen – und es habe einen Umfang von wenigstens hundert Meilen – er lüge nicht, sagte er. – Und der See, sagte er,
habe gar keinen Grund und Boden; darum heiße er eben
auch der Bodensee, wie leicht zu begreifen sei. Und bei stillem, hellem Wetter, sagte er, sehe man versunkene Städte und
Schlösser drin und ganze Landschaften – er sag' es, sagte er. –
Und Fische geb' es drin, sagte er, so groß wie das Kostnitzer
Münster, – er lasse nichts abmarkten, sagte er. – Auch Nixen
geb' es die Menge, zu Land und zu Wasser – sehen müßt ihr's,
sagte er. Und wenn der See aber stürmisch sei, so werfe er
Wellen – er übertreibe nicht – so hoch, wie der Sentis[75]. Und
er könnte der Wunderdinge noch viel erzählen, sagte er; aber
wer's nicht selbst sehe, der glaub' es nicht. »Potz Blitz!«,
sagte der Blitzschwab ein um das andere Mal; die andern
aber sagten kein Wörtle.

Nachdem sie sich nun schier die Augen ausgelugt, so
zogen sie fürder, Überlingen vorbei, gegen den Wald zu, wo
das Ungeheuer hauste. Um sich aber auf dem Weg dahin die

---

75   Berg in der Schweiz

lange Weile zu vertreiben und die bösen Gedanken, sang der Blitzschwab das schwäbische Wallfahrtslied, und die andern stimmten mit ein, wie folgt:

>>*Jetzt stellen die Bauren ein'n Kreuzgang an,*
Zu dem muß kommen jedermann.

Es läuten schon die Glocken ein,
Der Pfarrer will nicht der letzte sein.

Der legt ein zottlets Hemat an,
Unten und oben Zwickele dran.

Nacher tragt man ein' große Stang voraus,
Z'oberst hangt ein Fahnen heraus.

Man sagt uns viel vom ewigen Leben,
Und noch viel mehr vom Stuiren-geben.

Da geht man um den Altar h'rum,
Daß keiner z'spät zum Opfer kumm.

Beim roten Bären kehrt man ein,
Da muß es auch recht g'soffen sein.

Der Pfarrer der geht da hinten drein,
Und schenkt mit dem Weihwedel ein.

Der Kreuzgang sich dem Dorf zuwendt,
Jetzt hat die Prozession ein End.<<

Wie die sieben Schwaben zum letztenmal Mittag halten und dabei Todesbetrachtungen anstellen

Ehe sie aber in den Strauß gingen, wollten sie noch eine Herz- und Magenstärkung zu sich nehmen, und der Knöpfleschwab sparte weder Schmalz noch Salz, um das Henkermahl recht appetitlich zu machen. Als sie nun so um die Pfanne herum saßen und sich die gerösteten Spätzle schmecken ließen, sagte der Allgäuer, indem er einen Seufzer holte bis vom untersten Zehen herauf: »'s ist ein' Sach, wenn man bei sich so recht bedenkt, daß man zum letztenmal in seinem Leben zu Mittag ißt.« Das Wort fiel dem Blitzschwaben auf das Herz, und er tat auch einen Seufzer und sagte: »O Kätherle!« und sang gar kläglich und beweglich für sich hin:

> *»Soll ich denn sterben,*
> *Bin noch so jung, so jung!*
> *Wenn es mein Mädle wüßt,*
> *Daß ich schon sterben müßt,*
> *Sie tät sich grämen, mit mir ins Grab.«*

Der Seehaas redete ihnen Mut zu, sagend: »Liebe Leute, denkt: Tod hilft aus aller Not. Wer im Grab liegt, dem ist wohl gebettet« (»Aber nicht, wer im Rachen liegt des vermaledeiten Tiers«, sagte der Gelbfüßler), »doch wir wissen ja noch nicht, ob unser Stündle gekommen ist.« Der Nestelschwab sagte: »Meine Mutter hat mir oft gesagt, daß mein Stündle gar nie kommen werde.« Und war noch der einzige, der sich das Sterben nicht zu Herzen hat gehen lassen. Aber der Allgäuer lugte immer noch finsterer drein und ließ den Kopf immer tiefer hangen, und holte wieder einen Seufzer und sagte: »'s ist e Sach!« Und der Knöpfleschwab fing an still vor sich hin zu heinen. Dann holte der Allgäuer zum drittenmal einen Seufzer und sagte: »'s ist e Sach!« in so herzbrechender Weise, daß alle zu starren anfingen und zu röhren. Nur der Spiegelschwab wußte nicht recht, ob er lachen oder weinen sollte, weil er sah, wie sich der Knöpfleschwab anstrengte, zugleich das Herz zu leeren und das Maul zu stopfen, so daß er ein Gefriß[76] machte,

---

76   Gesicht

wäre gut gewesen für einen, der die Kinder erschrecken wollte, daß sie die Fraiß[77] bekämen.

Wie die sieben Schwaben sich in Schlachtordnung stellen

Es war nun an der Zeit, daß sich die sieben Schwaben in Schlachtordnung stellten. Der Seehaas meinte, sie sollten alle sogleich in der Reihe losziehen, wie bis hierher; und der Knöpfleschwab gab ihm recht und meinte, man solle keine Neuerung machen. Aber der Allgäuer sagte, er wolle jetzt einmal der letzte sein, denn er sei lange genug der erste gewesen. »Kurasche«, sagte der Blitzschwab, »habe ich genug im Leib, das könnt ihr mir glauben, aber ich hab nicht genug Leib für die Kurasche und die Bestie.« Der Nestelschwab meinte, warum denn gerad einer der erste sein und einer der letzte. Sie sollten sich nur alle in der Mitte halten, so geschehe keinem kein Weh. »Und ich meine«, sagte der Spiegelschwab, »es sei am allerbesten, daß einer für alle sterbe. Knöpfleschwab«, sagte er, »was meinst? Wie ist dir? Du wärst so der rechte Bissen.« Der aber schrie und stampfte und zappelte mit allen Vieren, als wenn er schon an dem Spieß steckte. Nun nahm der Seehaas das Wort und sagte: »Liebe Freunde und Landsleute! Frisch gezuckt ist halb gefochten. Es ist nichts besser, denn ein guter Mut in bösen Sachen. Das gute Herz sieget in allem Übel. Verzagt Mann kam mit Ehren nie vom Plan.« Drauf wandte er sich an den Gelbfüßler und sagte zu ihm: »Gang, Jackele, gang du voran, du hast Sporen und Stiefele an, daß dich der Haas nicht beißen kann.« Und der Gelbfüßler ließ sich dazu bewegen; denn er dachte an das Wort der Zigeunerin, und er sagte zu sich selbst: entweder lauft das Tier davon, dann laufe ich ihm nach; oder es lauft

---

77   Krämpfe

mir nach, dann lauf ich davon, und so kriegen wir uns beide nicht unser Leben lang.

Wie die sieben Schwaben den Strauß bestehen

Da es nun aber an dem ist, daß ich dir, günstiger Leser, das größte und gefährlichste Abenteuer erzählen soll, welches die sieben Schwaben bestanden, so befinde ich mich in keiner kleinen Verlegenheit, wie ich die Sache der Wahrheit gemäß darstellen soll. Denn weil ich die Tat, leider! nicht selbst mitgetan, so mußte ich sie eben von jenen vernehmen, die, wie verlautet, dabei gewesen; absonderlich von dem Seehaasen, dem Anführer der Helden und dem Verkündiger ihres Heldentums. Der aber, wie du weißt, ist ein Erzlügner gewesen, ein Windbeutel, ein Ploderer, ein Mährensager von Haus aus. Und die übrigen, mit Respekt zu melden! verdienen wohl ebensowenig Glauben! Denn jeder, wie leicht zu vermuten, wird nur zu eignem Gunsten erzählt und seinen Part am Abenteuer herausgestrichen haben. In solcher Not, was soll der Geschichtsschreiber tun? Ohne Zweifel das Beste. Und so will ich denn die Historie also nehmen und geben, wie sie mir als die natürlichste und wahrhaftigste erscheint. Andere machen es auch nicht anders im andern.

Es sei also kund und zu wissen, wie daß die sieben Schwaben in den Strauß zogen, hübsch langsam voran, gegen den Busch zu, wo, wie der Seehaas sagte, der Drach sein Nest hatte. Als sie schon ganz nahe waren, sagte der Spiegelschwab: »Mich grimmt's im Bauch, und ich muß abseiten.« Das wollte der Allgäuer nicht leiden, und er sagte, er sollte mit den andern mitmachen und nicht apart tun. Der Spiegelschwab versetzte, er wolle ja nur spionieren gehen, wo das Tier stecke. »Laß es stecken«, sagte der Allgäuer, »wo es steckt, und bleib, sag ich.« »Jetzt seid stät und haltets Maul«, rief der Seehaas; »und lugt und lost[78].« Und wie sie nun gegen den Busch weiter vordringen und lugen und losen, siehe, da liegt ein Has im Busch, der lugt und lost auch, und macht ein Männle und erschrickt und lauft davon. Die sieben Schwaben aber blieben stehen ganz erstaunt und erstarrt. »Hast's gesehn? Hast's gesehn?«, rief einer um den andern; und »es war so groß wie ein Pudelhund – wie ein Mastochs – wie ein Trampeltier«, sagte einer um den andern. »Bygost!«, sagte zuletzt der Allgäuer, »wenn das kein Has gewesen, so weiß ich den Grindten von keinem Büchel[79] zu unterscheiden.« »Nun ja, Has hin, Has her!«, sagte der Seehaas; »ein Seehas ist halt größer und grimmiger, als alle Hasen im heiligen deutschen Reich.« Und das hat er gut gemacht.

Dieses Tiergeschlecht aber, mein' ich, wird seit der Zeit wohl ausgestorben sein wie der Mammut.

Wie die sieben Schwaben ein Siegeszeichen errichten und in Frieden und Freuden in Überlingen einziehen

Nachdem die sieben Schwaben das Abenteuer glücklich überstanden, wären sie bald einander selbst in die Haare gekommen. Der Seehaas nämlich tat Meldung vom Bärenfell und sagte, daß es abgeredtermaßen billig ihm gehöre, denn er sei es doch, der sie alle angeführt habe (worauf auch die Zigeunerin bildlich angespielt). Das wollten die andern nicht zugeben, und der Gelbfüßler sagte: Ob er ihn verdiene oder nicht, darüber wollte er nicht streiten: aber er sei einmal an der Spitze gestanden, und mithin –« »Und ich bin an der Spitze gegangen«, sagte der Allgäuer und, »Bygost!«, sagte er, »ich will den sehen, der mir ihn nimmt.« Nachdem sie lange Zeit so fort gehadert, nahm der Seehaas das Wort

---

78   seht und hört
79   kleine Anhöhe

und sagte: »Liebe Landsleute und Freunde, ich will euch was sagen: Die Welt wird einmal voll sein von unserer Tat, und es tut darum Not, daß ein Siegeszeichen vorhanden bleibe auf ewige Zeiten. Weil wir nun aber dem Seehasen selbst nicht die Haut abziehen konnten, sintemal wir ihn nicht erwischt, sondern fortgejagt haben über den Rhein hinum ins Franzosenland, wo er um sich beißen soll, so viel er mag, so wollen wir statt dessen die Bärenhaut – ist ein Ding«, sagte er, »samt dem Spieß ausstellen in meiner Vaterstadt Überlingen, in deren Nähe die Tat vollbracht worden. Ist's euch recht, so hebt den Finger auf und saget ja.« Die andern hoben den Finger auf und sagten ja; und der Allgäuer sagte: »Ich sage nicht nein«, und gab die Bärenhaut her, die sie dann an den Spieß steckten. Und so kamen denn die sieben Schwaben zu Frieden und Freuden und zogen sodann in Überlingen ein, unter dem Jubelruf »Viktoria in Schwabenland!« Drauf begaben sie sich allsogleich in die Kirche, wo sie Gott lobten und dankten für den glücklich errungenen Sieg. Nachher aber gingen sie ins Wirtshaus zum goldenen Kreuz, um auch ihren Leib zu laben mit Seewein. Und der Blitzschwab stimmte seine Fidel und sang:

> »Nur närrisch sein, ist mein Manier.
> Nichts b'halten ich begehre.
> So trink ich lieber Wein als Bier,
> Der Narren findt man mehre.«

Dies Kapitel handelt von den Seeweinen, und was für einen die sieben Schwaben zu guter letzt getrunken

Man erzählt von einem Schwaben, der nach Rom gegangen, daß, als ihm ein wälscher Wirt einen guten Wein vorgestellt, er ihn gefragt habe, was das für ein Saft wäre. Der Wirt sagte: »Das sind Christi Tränen.« Drauf soll der Schwab die Augen aufgehoben haben gen Himmel, sprechend: »O Gott, warum hast du nicht auch in unserm Land geweint!« Der hatte wohl nie einen andern Wein getrunken, als Seewein, der füglich »Petri Tränen« heißen mag.

Es gibt aber drei Gattungen von Seeweinen: die erste und beste Gattung heißt der *Sauerampfer*, schmeckt etwas besser, als Essig, und verzieht einem das Maul nur ein bißle und ums Merken; die zweite Gattung heißt der *Dreimännerwein*, ist schon räßer[80] und saurer, als Essig, und heißt so, weil es dabei nottäte, daß den, der ihn trinkt, zwei Männer festhielten, und ein dritter ihm den Trank eingießen täte; die dritte Gattung ist der *Rachenputzer*, hat die gute Eigenschaft, daß er Schleim und alles abführt; tut aber dabei not, daß, wer sich mit dem Wein im Leib schlafen legt, in der Nacht sich wecken lasse, damit er sich umkehren möge, sonst möchte ihm der Rachenputzer ein Loch in den Magen fressen.

Wie nun die Gesellen in die Wirtsstube kamen und sieben Schöpple Wein verlangten, fragte der Wirt, was sie für einen wollten, und nannte ihnen die Weine bei ihren Namen. »Potz Blitz!«, sagte der Blitzschwab; »ehrlichen Schwaben setzt man keinen Sauerampfer auf; und sieht er nicht, Gispel[81], daß wir unserer sieben sind?« Der Wirt brachte also sieben Schöpple Rachenputzer, vom extrafeinen (er war aber Schliffel[82] genug, um sich ihn als Sauerampfer bezahlen zu lassen); und die sieben Schwaben zechten redliches Dings und gingen fleißig ab und zu, und tranken lustig fort bis in die späte Nacht hinein. Und der Blitzschwab sang noch zu guter Letzt ein Liedlein, das endet:

> *»Mein Gesang will nicht mehr klingen,*
> *Hapus, Hapus, gute Nacht!«*

---

80 beißender
81 flatterhafter Mensch
82 schlauer, gerissener Mensch

Von der Kappel[83] zum schwäbischen Heiland

Die Überlinger, als sie die Tat ihres Landsmanns vernommen und das erbeutete Siegeszeichen gesehen, beschlossen einmütiglich, eine fromme Stiftung zu machen, und sie erbauten eine Feld-Kappel am See, wo der Spieß aufgehängt werden sollte zum ewigen Andenken. Die Kappel aber wurde erbaut zur Ehre des Erlösers, und ein Bildschnitzer bekam den Auftrag, einen schönen Herrgott aus Holz zu machen, sieben Ellen hoch; das tat er, und auf das Gestell schrieb er mit vergoldeten Buchstaben: Heiland der Welt. Aber die Überlinger wollten die Inschrift nicht gut heißen, sondern, da der Herrgott den sieben Schwaben geholfen hätte aus ihren Ängsten und Nöten, so solle er auch der schwäbische Heiland genannt werden. Und so geschah es denn auch. Der Seehaas aber baute sich eine Hütte neben dem Kirchlein und wurde ein Klausner; und es kamen viele Pilgrime nach Überlingen, denen der Klausner die Geschichte der sieben Schwaben erzählte mit allen Umständen, weshalb noch jetzt die Welt davon voll ist. Und der schwäbische Heiland war zu derselbigen Zeit so berühmt, als der große Herrgott in Schaffhausen. Im Schwedenkrieg aber wurde die Kapelle zerstört, und die Schweden haben das Siegeszeichen mit sich fortgenommen.

Das letzte Kapitel, womit aber die Geschichte von den sieben Schwaben noch nicht aus ist

Was den andern Gespanen geworden, und welche Abenteuer insbesondere der Spiegelschwab noch weiter gehabt, davon handelt ein eigenes Büchlein. Hier sei nur vom Blitzschwaben

---

83 Kapelle

in Kürze gemeldet, wie daß der Spruch der Zigeunerin an ihm nicht wahr geworden sei, sondern es ist gerade das Gegenteil geschehen, denn er hatte ihren bösen Zauber zerstört. Und er ist, versprochenermaßen, dem Kätherle aus der Grafschaft Schwabeck auf die Kirbe gekommen und sie sind Mann und Weib geworden, und haben viele Kinder erzeugt und ein langes, langes Leben geführt in Fried und Einigkeit. Und der dies schreibt, stammt von ihnen her und sie sind seine Guk-Guk-Ähnle[84] gewesen.

---

84   Ur-Ur-Großeltern

Abenteuer des Spiegelschwaben

Wie die sieben Schwaben auseinandergehen und der
Spiegelschwab sich zu dem Allgäuer gesellt

Des andern Tages saßen zu Überlingen im goldenen Kreuz in aller Früh schon die beiden Steinbrüderle[85], der Blitzschwab und der Spiegelschwab, bei einem Känntle gutem Kesperwassers[86] beisammen; denn der Wein von gestern hatte ihnen den Magen ganz wund gefressen, und den wollten sie damit wieder heilen. Der Gelbfüßler war schon über Berg und Tal; der Nestelschwab hatte sich auch schon fortgemacht zu seinem Müetterli; der Knöpfleschwab flackte noch im Bett und schnarchte so laut, man glaubte ein Mühlrad zu hören; der Allgäuer war im Heimgarten bei den Ochsen im Stall. Also konnten die zwei traulich miteinander schwätzen, und es irrte und engte sie niemand. Sie sprachen aber von der Rückreise, und welchen Weg sie nehmen wollten. Der Spiegelschwab sagte: »Über Memmingen geh' ich nicht.« Der Blitzschwab aber sagte, das sei der nächste Weg nach der Grafschaft Schwabeck, und er müsse eilen, um dem Kätherle auf die Kirbe zu kommen. Und er redete dem Spiegelschwaben zu, daß er zu seinem Weib heimkehren sollte. »Lieber zu des Teufels Großmutter«, sagte der. Und er trank ein Gläsle – eben nicht auf ihre Gesundheit. Der Blitzschwab hatte redliches Bedauern mit ihm, und er sagte: »Es muß ja freilich ein leidiger Stand sein um den Ehestand,

---

85   Trinkgenossen, Anspielung auf steinerne Krüge
86   Kirschenwasser

wenn die Uhr nicht auf Eins steht.« »Jawohl«, sagte der Spiegelschwab; »und vollends, wenn die Uhr gar auf die böse Sieben sieht!«

Indem sie noch so sprachen, trat der Allgäuer in die Stube. Zu dem sagte der Spiegelschwab: »Allgäuer, ich geh' mit dir.« »Bygost!«, sagte der Allgäuer, »und ich geh' mit dir; so gehen wir alle beide miteinander.« Nach einer Weile aber fragte er den Spiegelschwaben: »Aber los'; wie halten wir's mit der Zehrung?« Denn er wußte wohl, daß der Spiegelschwab einen Magen hatte, wie einen Schwamm, und daß es ihn immer durste, wie einen Bürstenbinder. Der Spiegelschwab sagte: »Brätst du mir die Wurst, so lösch' ich dir den Durst.« So war's dem Allgäuer recht; und sie schlugen ein. Darauf nahmen sie Abschied; und der Spiegelschwab sagte: er solle ihm sein Kätherle grüßen; und der Blitzschwab entgegen: er solle fein einkehren, wenn er des Wegs käme. – Also, wem's recht ist, der gehe mit; und wem's nicht recht ist, der halte sie nicht auf.

Es möchte einer die Nase reiben.
Man soll die Zeit besser vertreiben.

Wie der Spiegelschwab und der Allgäuer nach Kostnitz kommen, und was sie allda treiben

Wir gehen dem Bodensee nach«, sagte der Allgäuer; »dann kommen wir ans Gebirg, und dann können wir nimmer fehlen.« »Los, Brüderle, was ich dir sagen will«, sagte der Spiegelschwab; »wollen wir nicht vorerst noch ein Bißle auf und über das deutsche Meer? Die Gelegenheit ist gar kommlich, und wir haben sie nicht alle Tag'. Auch sagt der Seehaas, es liege dort jenseits eine Stadt, die heiße Kostnitz; da dürfe man nur fragen: Maul, was willt? So habe man's, wie im Schlarauffenland; und was die Hauptsache sei«, sagt er, »es kost nits, wovon eben die Stadt den Namen habe.« »Bygost!«, sagte der Allgäuer, »recht wär's schon, wenn's nur auch wahr wär'.« »Probieren können wir's ja«, versetzte der Spiegelschwab, »das Probieren kost nits.«

Also fuhren sie mit dem Marktschiff nach Kostnitz; und das erste Wirtshaus, das ihnen in die Augen fiel, war der blaue Bock, und sieh da! auf dem Schild stand geschrieben: morgen ist alles zechfrei. »Bygost!«, sagte der Allgäuer, »diesmal hat der Seehaas nicht gelogen.« »'s ist nur schad«, sagte der Spiegelschwab, »daß wir um einen Tag zu früh gekommen.« Also kehrten sie beim blauen Bock ein. Abends, als sie die kleine Zeche bezahlten, fragte der Spiegelschwab den Wirt: »Mit den Worten auf Eurem Schild hats doch seine Richtigkeit?« »Ja«, sagte der Wirt, »ein Mann, ein Wort!« So saßen sie denn, wie angepicht, den ganzen folgenden Tag, und zechten vom frühen Morgen bis tief in die Nacht hinein, der Worte eingedenk, die auf dem Schilde zu lesen waren. Und der Wirt und die Wirtin gingen fleißig zu und von, und hatten ihre Freude an den Zechbrüdern, und zumal auch an des Spiegelschwaben seinen Schnacken und Schnurren. Als ihn der Wirt fragte, warum sie nach Kostnitz gekommen, ob vielleicht dem großen Teufel zu Ehren?; antwortete der Spiegelschwab, ja, denn, sagte er, es sei gut, daß man sich allerorts gute Freunde werbe. Auf die Frage, ob sie auch nach Schaffhausen wollten, zum großen Herrgott, versetzte der Allgäuer, nein, denn, sagte er, wir Schwaben haben selbst, bygost! einen schwäbischen Heiland, und brauchen keinen schweizerischen.

> *Es zogen Gimpel über den Rhein,*
> *Und kamen wieder als Gimpel heim.*

Wie der Spiegelschwab die wahrhaftige Geschichte von der schwäbischen Hasenjagd erzählt

Unter anderm kam denn auch die Rede auf die schwäbische Hasenjagd, von der die Mähr bis über das Meer gedrungen war. Man erzähle sich dies und jenes davon, sagte der Wirt, und wenn er's offen bekennen wolle, eben nichts, was den Schwaben sonderlich zur Ehre gereiche. Das könne und wolle er ihm treulich berichten in Wahrheit, sagte der Spiegelschwab; denn er und sein Geselle seien eben selbst dabei gewesen. »Wißt also«, fuhr er fort, »daß der Teufel sich vorgenommen hat, zum Spaß, die Menschen in Furcht zu jagen und ihren Mut auf die Probe zu stellen. Und er nahm die Gestalt eines Hasen an; versteht, eines Untiers in Hasengestalt, und er war so groß und fürchterlich, daß es nicht zu sagen ist. Erstlich ließ er sich in Wälschland sehen, wo er ohnehin oft Geschäfte hat. Die Wälschen aber nahmen Reißaus nach allen Seiten hin und ließen dem Teufel das Feld. Da dachte sich der Teufel: Nun will ich's bei den mutigen Deutschen versuchen; und er kam nach Schwabenland, wo er wußte, daß die Tapfersten unter ihnen wohnen, und daß sie's, wie die Sage geht, selbst mit dem Teufel auf dem freien Felde aufnehmen. Die Schwaben, wie sie das Untier sahen, waren nicht faul, sondern sandten Boten nach allen Gegenden Deutschlands und verlangten, in des Reiches Namen, von jeglichem Volk das Kontingent. Also stellten sich Bayern und Österreicher, Franken und Sachsen, samt denen vom obern und niedern Rhein; nur die Schweizer blieben aus, die Kuhmelker, die Milchsuppen, die Käspantscher. An der Spitze aber marschierten wir, die Schwaben, sieben Mann hoch. Und wir stießen auf den Feind unweit Überlingen am Bodensee. Aber, sieh da! wie wir nun anrückten, wir Schwaben, in voller Hitze, immer vorwärts; da liefen indeß die übrigen alle davon, die Franken voran, drauf die andern, und die Österreicher deckten den Rückzug; und wir, die Sieben, sind mutterseelenallein zurückgeblieben und haben das Abenteuer bestanden, zum ewigen Ruhm der Schwaben. – Das ist die wahrhaftige Geschichte von der schwäbischen Hasenjagd; und wer's anders erzählt aus Mißgunst, der lügt, sag' ich. Und sagt's nur jedem, daß ich's gesagt habe, ich, der Spiegelschwab.«

Lügen ist sein sicherlich.
Doch verbergens etliche meisterlich.

Wie sie mit dem Wirt blinde Mäusle spielen um die Zeche, und wer sie bezahlen muß

Des andern Tages in der Früh, nachdem sie noch ein paar Seidel zu Gemüt genommen, schickten sie sich endlich zum Aufbruch an und sie sagten zum Wirt: »Schönen Dank für die höfliche Bewirtung!« »Ist meine Schuldigkeit gewesen«, sagte der Wirt, »aber mit Verlaub!«, setzte er hinzu, »laßt nun sehen, was eure Schuldigkeit sei.« Und er ging zur Schreibtafel und rechnete. »He!«, rief der Spiegelschwab, »was wär' denn dies? Was sieht denn auf Eurem Schild?« »Ein Bock«, sagte der Wirt lachend, »der die Leute blau anlaufen läßt.« »Aber die Worte drunten?« »Ich steh' zu meinen Worten: Morgen ist alles zechfrei – aber nicht heute, nicht nächten und vornächten. Verstanden?« »Bygost!«, sagte der Allgäuer, »merkst du nun, was die Kreide gilt?« Der Spiegelschwab aber dachte sich: Schalk muß mit Schalk gefangen werden; und er hatte alsbald seinen Einfall, den er dem Allgäuer ins Ohr raunte. Beide nahmen sofort ruhig ihre Beutel heraus und kläpperten damit, als hätten sie was; und der Spiegelschwab sagte dem Allgäuer: »Laß, ich will

schon bezahlen.« »Bygost!«, sagte der Allgäuer, »die Ehr'
laß ich mir nicht nehmen – ich will bezahlen.« So stritten sie
eine Weile miteinander. Da sagte endlich der Spiegelschwab
zum Wirt, der ihnen die Schuldtafel wies: »Ihr seht schon,
wir beide können uns nicht vertragen, allein von wegen der
Ehre; da wird's nun schon am besten sein, daß das Los ent-
scheide. Wißt Ihr was? Um zum Kehraus noch einen Jux zu
haben, wollen wir girigingelen oder blinde Mäusle spielen;
wen Ihr ertappt, der zahlt – damit Punktum!« Der Wirt ließ
sich den Spaß gefallen und die Augen verbinden; die beiden
zogen ihre Schlarfen[87] aus, und nun ging's in der Stube husch
auf und ab, 'rum und 'num. Bald war der Allgäuer zur offenen
Tür hinaus; und der Spiegelschwab, nachdem er noch ein
und den andern Schuß getan, schlich ihm nach, lugte aber
noch zum Guckerle hinein, um zu sehen, welche Sprüng' und
Griff' der blaue Bock mache. Indem trat die Wirtin zur Tür
herein; der Wirt rannte auf sie zu und rief: »Du mußt bezahlen.« – Der Schwabenstreich ward nun kundbar; der Wirt
wollte den Strolchen nach, aber die Wirtin sagte: »Laß die
hungrigen Schwaben laufen! Haben sie uns doch von dem
Hasen befreit, dem Untier, das zuletzt noch unsere Kinder
und Rinder aufgefressen hätte.« So kamen beide ohne
Kosten aus Kostnitz und fuhren mit dem Marktschiff wohl-
gemut nach Lindau über.

> Wer will in der Welt verbleiben,
> Der muß List mit List vertreiben.

---

87   ausgetretene Schuhe

Wie der Spiegelschwab in Lindau sich für einen Wurmdoktor ausgibt

Lindau heißt das deutsche Venedig. Stadt und Wasser sind zwar um vieles kleiner, als die wälschen; aber lieblich ist's doch dorten, und schön und groß. Absonderlich wenn man am Hafen steht; da wimmelt's von Menschen, und es kommen hier Leute zusammen aus allen Weltgegenden, sogar aus der Schweiz. Da dachte der Spiegelschwab, hier wäre gut sein, wenn man nur Geld hätte. – Not lehrt beten und noch etwas anderes. – Kurz, er hatte den Einfall, einen Wurmdoktor zu spielen, um zu Geld zu kommen. Der Allgäuer, dem er seinen Plan anvertraute, schüttelte zwar den Kopf und meinte, man könnte sie ertappen auf dem Betrug. Jener aber sagte: Dafür solle er nur ihn sorgen lassen; »und kurzum: mundus vult[88]«, sagte er; »glaub's mir nur, Allgäuer!« »Ich muß wohl«, sagte der Allgäuer, indem er in seinem leeren Täschle umher stürte. Also sammelten sie auf der Straße fleißig, was sie an Trockenem und Nassem fanden, und das eine, das Pulver, verteilten sie in kleine Paketlein, und das andere, die Latwerge, taten sie in einen Tegel, den sie hatten mitgehen lassen. Des andern Tags wurde denn die Bühne auf dem Hafendamm aufgeschlagen; der Spiegelschwab zeigte sich als ein Doktor, in Mantel und Barett, und mit einem Knebelbart geziert, den er einem schwarzen Bock ausgerauft; der Allgäuer aber, der den Hanswurst spielte, war mit einem groben Kotzen angetan, wie ein Fätschenkind[89], und sah schier aus wie der steinerne Steffel von Ulm[90]. So bestiegen sie beide die Bühne, und der Hanswurst schrie aus: »Allhier sind zu haben allerlei wunderbarliche Mittel«, und

---

88 so will's die Welt
89 Wickelkind
90 ein Standbild, ein einfältiger Mensch

sagte dann eine ganze Litanei von Wehtagen und Lahmtagen her, die der Doktor, sein Herr, heilen könne. Und die Leute kamen herbei und kauften; und wenn sie ihn fragten, wofür? so antwortete er: für alles, nur könne er nicht aus alten Weibern junge machen; sonst, sagte er, wäre er freilich ein steinreicher Mann.

> *Halt nicht viel auf das Geschrei,*
> *Denk, daß es oft erlogen sei.*

Wie der Spiegelschwab den Lindauern wahrsagt, und welches Zeichen er ihnen stellt

Dumm sind die Leute genug, dachte sich der Spiegelschwab; also kann man's schon weiter treiben mit ihnen. Er rief also aus, daß er auch wahrsagen und einem die Planeten stellen könne. Der Leser muß aber wissen, daß er dies Handwerk schon längst getrieben hatte, und zwar mit dem besten Erfolg. Er hatte einen ganz einfachen Kunstgriff dabei; er prophezeite nicht Gutes. Wenn nun das Böse eintraf, so war's richtig; traf es aber nicht ein, so war's um so mehr recht. Und also setzte er sich weit und breit in den Ruf des besten Wahrsagers, und man ging zwar nur mit Zittern zu ihm, aber man kam doch. Die Lindauer, wie sie denn neugierige Leute sind, ließen sich auch hierin zum besten haben; und wie sie sahen, daß einer um den andern mit einem bedenklichen Gesichte wegging und den Kopf hängen ließ, so wurden sie immer mehr und mehr in der Meinung bestärkt, daß er's auf ein Haar treffe. Und nach und nach kamen alle Lindauer und brachten ihm ihre Bärenbatzen[91]. Endlich dauerte es ihm zu lange – denn sein Säckle war gefüllt – und er stand auf

---

91   Vierkreuzerstück mit dem St. Gallenschen Wappen

und sagte zu der Menge, die umher stand: »Eigentlich, liebe Leute, nutzt euch all mein Wahrsagen nichts; denn binnen heut und drei Tagen geht ohnehin die ganze Stadt Lindau zu Grund, mit Mann und Maus. Wollt ihr ein Zeichen haben? Das will ich euch geben. Ihr sollt's am Himmel sehen, und kein gewöhnliches; nicht etwa Feuer und Schwert, sondern, liebe Leute, einen leibhaftigen Fuchsschwanz.« Die Lindauer rissen Augen und Ohren auf und wußten nicht, was sie denken sollten. »Kommt nur«, sagte der Doktor, indem er von der Bühne herabstieg, »ihr sollt Wunder sehen.« Sie folgten ihm nach. Er blieb vor dem Hause eines Kürschners stehen, der einen Fuchsschwanz statt eines Schildes anhängen hatte. »Jetzt schaut«, sagte er zu den Umstehenden; »seht ihr nicht den Fuchsschwanz am Himmel?« Die Umstehenden schauten; es drängten sich andere nach, immer mehr und mehr, und sie sahen alle – daß sie gefoppt seien, und lachten einander aus. Inzwischen hatte sich der Spiegelschwab fein weggeschlichen und aus dem Staub gemacht. Die Lindauer aber sehen noch heutigen Tags den Fuchsschwanz am Himmel und halten für gewiß, daß ihre Stadt einmal zu Grund gehen wird.

> *Lügen und Trügen sind sehr wert,*
> *In allen Künsten man sie begehrt.*

Wie der Allgäuer den Lindauern die Zeche bezahlt für den Spiegelschwaben

Da der Herr entkommen, so wollten sich die Lindauer an den Diener halten. »Uf ihn! Er ist von Ulm!«, riefen sie allesamt. Und sie griffen und gerbten und walkten ihn an allen seinen Gliedern. Endlich gelang es ihm doch, sich von seiner Vermummung loszumachen; und da hätte man aber sehen sollen, wie der mit den Lindauern umging. Wie ein wilder Bär die Hunde, die ihn verfolgen, so schlenzte er den einen da-, den andern dorthin; alles arbeitete an ihm; er packte mit den Händen, er stieß mit den Füßen, er biß mit den Zähnen; er tat wie ein Besessener. So machte er sich Weg durch das Städtle bis an die Brücke; da nahm er noch zu guter Letzt ein paar arme Schächer, die ihn verfolgten, und warf sie links und rechts über das Geländer in den See hinab. Nun ließen ihn die Lindauer in Frieden fortziehen.

Außerhalb der Brücke erwartete ihn der Spiegelschwab, der mit Lust dem Spektakel von ferne zugesehen. Er tat aber, als hätte er nichts wahrgenommen, sondern er sagte bloß die Reime so vor sich hin, um den Allgäuer zu hetzen und zu hienzen:

>>*Hänsle, lerne mir nicht zu viel,*
Mußt sonst leiden und streiten viel;
Hätt' das Kälblein mehr Verstand,
Wär's nicht an die Wand gerannt.

Schlacht nicht mehr, als du kannst salzen,
Koch nicht mehr, als du kannst schmalzen;
Ist am Löffel auch kein Stiel,
Gott schenkt's jedem, wie er's will.<<

Der Allgäuer merkte gar wohl, daß der Geselle es auf ihn münze, aber er tat, als verstände er ihn nicht. Als ihn aber der Spiegelschwab, der das Utzen nicht lassen konnte, eine Weile hernach fragte, ob er die Zeche fein ordentlich bezahlt habe, da riß ihm das Geduldsäckle, und, indem er ihn beim Kragen packte, sagte er: »Ja, bygost! Und ich will jetzt mit dir abrechnen.« Wie der Spiegelschwab merkte, daß jener Ernst machen wolle, zog er andere Saiten auf und sagte, unter Brüdern nehme man's nicht so genau; und ein anderes Mal wollt er statt seiner bezahlen. Für dieses Mal ließ es der Allgäuer noch gut sein, besonders da ihm der Geselle die

Batzen zeigte, die er eingenommen und die er brüderlich mit ihm teilen wollte. Und also zogen sie in Eintracht weiter.

Gewalt geht vor Recht,
Klagt mancher arme Knecht.

Wie der Allgäuer mit dem Spiegelschwaben nach Hindelang wandert, des Allgäuers Heimat

Der Spiegelschwab wollte von Lindau aus über Wangen und Isny nach Kempten wandern, weil er da überall bei seinen Vettern freie Einkehr nehmen konnte; und es ist auch schade, daß es nicht geschehen, inmaßen viel zu erzählen wäre von den Vögeln, die in diesen Nestern hocken und hecken. Aber der Allgäuer blieb dabei und ließ sich's nicht nehmen, längs den Bergen geraden Weges heim zu ziehen, obgleich dies ein Gelände ist, nicht viel besser, als die obere Pfalz, die bekanntlich dem Teufel gehört; und der Spiegelschwab hatte auch Zeit genug zu fasten und zu beten; er fluchte aber bloß. Endlich kamen sie in Sonthofen an. Hier, auf dem Calvariberg, angesichts des Grindten, verrichtete der Allgäuer seine Andacht; denn er hatte sich, bevor er mit den Gesellen das Abenteuer bestanden, dahin verlobt. Der Spiegelschwab lugte indeß in die Gegend hinaus, auf die hohen Berge hinein und auf die grünen Matten hinab, und es gefiel ihm wohl. »Jetzt ist's nicht schön«, sagte der Allgäuer; »aber am heiligen Kreuztag, wo das Vieh aus den Almen und da unten zusammen kommt, Ochsen und Kühe und Geißen und Schaf' und Böck', alles durcheinander, und eine Unzahl von Menschen: Bue'! Da ist's schön!« »Das Ländle ist, mein Eid! nicht übel«, sagte der Spiegelschwab, »und ich möchte wohl da wohnen.« Sie gingen weiter und kamen auf dem Weg vor einem Bauernhaus vorbei. Da saß auf der Bank ein alter Mann, der heinte. »Was fehlt dir, Uri?«, fragte ihn der Allgäuer. »Ja«, sagte der, »der Ätti[92] hat mich geschlagen, weil ich den Äni[93] hab' fallen lassen.« Der Allgäuer tröstete das Kind und sagte, es werden dies wohl nicht die ersten Schläge gewesen sein. Und als sie weiter gingen, erklärte er dem Spiegelschwaben, wie sich das verhalte. Es lebe nämlich in dem Hause noch der Großvater, der sei hundert und zwanzig Jahre alt, und sein Enkel volle achtzig; und der Vater von hundert Jahren führe noch das Hausregiment. Der Spiegelschwab verwunderte sich drob und sagte: »So müssen die Leute bei euch steinalt werden.« »Es passiert so«, sagte der Allgäuer; »aber man muß eben darnach leben. Mein Vater ist schon ein Siebziger, und ist noch so rüstig, wie ein Vierziger.« »Wie hat er denn das angefangen?«, fragte jener. »Das weiß ich just nicht«, antwortete der Allgäuer; »er tut nichts Exteres, sondern treibt's, wie andere Leut', nur daß er nichts trinkt, als Wasser.« Das sei es eben, meinte der Spiegelschwab: »Wasser! Ja Wasser! Wer nur Wasser trinken könnte!« »Bygost! Das weiß ich just nicht«, sagte der Allgäuer; »mein Vater hat einen Bruder, der um ein Jahr älter ist, als er, und ist täglich besoffen.« »Kurios«, sagte der Spiegelschwab; »aber freilich: die Gaben sind verschieden.«

Uns ist beschieden dies und das,
Der eine ist trocken, der andere naß.

Die Geschichte von der Schlottermilch samt erbaulicher Nutzanwendung

Unter diesen Gesprächen kamen sie in Hindelang an. Die Gegend, wo der Ort liegt, ist so traulich und heimlich, wie ein Krippele. Der erste Schritt, den der Allgäuer in sein Haus

92 Vater
93 Großvater

tat, war in den Stall, um zu sehen, was der Laubi mache und der Lusti[94]. Dann ging er in die Stube und grüßte Ätt' und Ämm'[95]. Die Mutter setzte dem Büble sogleich eine Schüssel voll Schlotter[96] auf, und brachte Brot und Geißkäsle und sagte zum Fremden: »Eßt mit!« und zum Vater: »Wie, Vater, lang' auch zu!« Und sie brockte ein, und sagte dann: »Jetzt laßt es euch schmecken!« Der Vater nahm hierauf den Löffel und rührte in der Schüssel den Raum[97] unter die Milch, alles durcheinander. »Du kannst doch die Unfurm[98] nicht lassen«, zankte das Weible; »was wird der Fremde denken?« Der Alte sagte: »Es ist mal so meine Gewohnheit; und seh' der Herr: um das Schlotteressen ist's eine ganz eigene Sache, und ich werd's dem Herrn erklären. Vorerst muß ich ihm aber die Geschichte erzählen, wie ich zu der Gewohnheit gekommen. Als ich bei dem Nachbauren drüben – Gott hab' ihn selig! – als Unterknecht einstund, wurde uns eben auch Schlotter aufgesetzt. Der Bauer nahm den Löffel und tat, als ob er das Kreuz machte über die Schüssel, sagend: Im Namen Gottes des Vaters, des Sohnes und des heiligen Geistes; und strich allen Raum auf seine Seite. Das verdroß mich, denn ich merkte, daß er aus Schalkheit und Geiz und Neid so tat, und die kann ich von meinem Leben nicht ausstehen – und ich nahm daher auch den Löffel und sagte: Im Namen der allerheiligsten Dreifaltigkeit! und rührte alles durcheinander. Seit der Zeit, so oft ich einen Schlotter mit Raum aufsetzen seh', fällt mir das Umrühren ein, und ich kann nicht anders, ich muß es tun. Der Herr wird mir aber recht geben, wenn er einmal in seinem Leben bemerkt hat, wie beim Schlotteressen alle menschlichen Leidenschaften aufducken und ins Spiel

---

94   Laubi und Lusti: Ochsennamen
95   Vater und Mutter
96   geronnene Milch
97   Rahm
98   Unsitte

kommen. Schau er nur einmal Kindern zu; das furchtsame getraut sich kaum, einen tüchtigen Schub zu nehmen; das geizige raumt sein rechts und links ab, nur an seinem Orte nicht; das neidische frißt und schlampet an sich hinein, als wenn's nicht genug bekommen könnte; das zornige schlagt dem und jenem auf den Löffel und auf die Hand, der sie zu weit ausstreckt; aber keinem fällt's ein, dem andern einen guten Brocken zuzustecken, oder, wie unsere Hausmutter da, gar bloß zuzusehen, wie's schmeckt.« »Gott g'segn's!«, sagte diese. »Es geht bei uns Großen auch so zu«, sagte der Spiegelschwab, »überhaupt in der Welt.« »Und darum ist's wohl gut«, sagte der Alte, »daß unser lieber Herr Gott auch alles so untereinander rührt; es gibt so weniger Streit und Händel, und mehr Zufriedenheit unter den Menschen.« »Oft nimmt er aber Einem den Raum ab«, sagte der Spiegelschwab, »und gibt ihm nur die pure Milch oder gar nur das Käswasser.« »So ist es dennoch sein Geschenk«, sagte der Alte, »und wir müssen eben vorlieb nehmen mit dem, was er uns aufsetzt.«

So geht's heut in der Welt zu,
Der Eine geht barfuß, der Andre trägt Schuh.

Wie der Spiegelschwab zu einer neuen Gesellschaft kommt

Als sie einander Pfüttigott[99] sagten, druckte ihm der Allgäuer noch einmal die Hand, so keif, daß ihm alle Knöchel krachten. »Krautskerl!«, schrie der Spiegelschwab vor Schmerz und schlenzte die Hand. Der Allgäuer lachte und sagte: »'s ist nur ein Gruß von den Lindauern, den ich nachbringen wollte.« Also schieden sie als gute Freunde vonein-

---

99   Behüt dich Gott

ander. Der Spiegelschwab schlug den Weg nach Kempten ein. Und er bekam bald wieder Gesellschaft. Denn vor Kempten begegnete ihm – rate einmal der Leser! – der Knöpfleschwab.

Der arme Matz Latz[100] als ihn alle seine Gesellen verlassen hatten, humpelte dem Blitzschwaben auf dem Wege nach Memmingen nach. Der lief aber so stark – die Sehnsucht nach dem Kätherle trieb ihn – daß er ihm nicht nachkommen konnte, sondern zurückbleiben mußte. Das schlimmste war, daß ihm das Geld ausgegangen war, so daß er schon seit zwölf Stunden kein gotziges Knöpfle[101] mehr über das Herz gebracht hatte. Man konnte ihn nicht ohne Bedauern ansehen; seine Augen waren trüb wie alte Kirchenfenster; sein Bauch schlotterte in Falten wie ein leerer Blasbalg; der ganze Mensch wackelte daher, als gehe er auf Zaunstecken. In seiner Angst und Not, sagte er, habe er den Allgäuer aufsuchen wollen, verhoffend, er werde ihm helfen, daß er nicht Hungers sterbe, wie er ihm geholfen habe, daß er nicht in der Iller ersoffen sei. Der Spiegelschwab hatte Bedauern mit dem Gesellen, obwohl er überall so unmär[102] war wie der Stockfisch am Ostertag; und er sagte: er solle nur gleich mitgehen; er wolle für ihn sorgen, und machen, daß er gut nach Haus komme. Niemand war froher als der Knöpfleschwab; denn er hoffte doch, einmal wieder satt essen zu können, eh er sterben müßte.

Also kamen sie miteinander nach Kempten. Der Spiegelschwab aber, der denn alleboth dem Narren übers Säckle kam, sagte zu ihm: er habe in der Neustadt noch eine kleine Verrichtung, und der Geselle solle nur voraus und hinunter gehen in die Altstadt und Einkehr nehmen beim Wirt zum dummen Vieh. Das Haus liege am Weg, auf dem Schran-

---

100 Tropf
101 keinen einzigen Kloß
102 unwert

nenplatz[103], links wenn man zum Tor herein kommt; er könne nicht fehlen.

Ist das Kätzlein noch so glatt,
Es doch scharfe Klauen hat.

Von einem Handel, den der Spiegelschwab angerichtet, jedoch wieder schlichtet

Auf dem Schrannenplatz, links, sah der Knöpfleschwab ein Haus, vor welchem ein Zeichen hing, er wußte nicht, was er daraus machen sollte. Er ging also hinein und machte die Stubentür auf, und fragte: ob man's hier »beim dummen Vieh« heiße. Ein dickbaucheter Mann saß am Tisch und trank soeben aus einer Kanten Bier. Er mochte die Worte nicht recht verstanden haben; er setzte ab und fragte: »Was gibt's?«, und setzte wieder an. Der Knöpfleschwab nahm die Kappe herab, und fragte lauter, ob man's hier »beim dummen Vieh« heiße? »Wart, Kalfakter!«, rief der dicke Mann; »ich will dir das dumme Vieh weisen!« Und er lief ihm nach – nein; er konnte nicht laufen, so wenig als der Knöpfleschwab; aber es schien so, als wollten sie miteinander wettrennen, denn sie hielten so ziemlich gleichen Schritt. So kamen sie mitten auf den Platz. Da stand schon der Spiegelschwab. Der rief dem Wirte zu: »Wohin so hitzig, Gevattersmann?« »Der Halunk«, keuchte der Wirt. »Nehmt's nicht für übel«, sagte der Spiegelschwab ihm still ins Ohr; »ich wollte Euch durch diesen da nur meinen Gruß vermelden lassen.« Drauf wandte er sich an den Knöpfleschwaben und sagte: »Siehst du denn nicht, blinder Heß, den Ochsen da drüben im Schild? Und ist der Ochs nicht ein dummes Vieh? Vieh

---

103   Getreidemarkt

dummes!« »Ja«, sagte der Knöpfleschwab, »aber du hast gesagt: links!« »Freilich links«, sagte der Spiegelschwab, »wenn man zum Tor herein kommt.« »Ja so!«, sagte der Knöpfleschwab; und er tat dem Wirte Abbitte. Also wurden sie wieder gute Freunde, und sie gingen ins Haus, und tranken und aßen, und waren fröhlicher Dinge.

Scherzen mit Maßen
Wird oft zugelassen.

Zwei Stücklein aus der Chronik von Kempten und Memmingen

Der Leser muß aber wissen, daß die Altstadt Kempten gegen die Neustadt zu kein Tor hat, sondern nur eine offene Luke, worein die Stiftler ohne Aufhalt kommen können. Das schreibt sich aber von der Zeit her, sagt man, wo die Geiß den Torriegel abgefressen. Und das ist so zugegangen: Bei einem plötzlichen Überfalle der Stiftler steckte der Turner[104], da er den Torriegel vergebens suchte, einen Dorschen[105] in die Klammer. Während er aber nun die Städtler zusammenblasen wollte, kam eine Geiß herbei und fraß den Dorschen ab, so daß das Tor angelweit aufsprang und dem Feind den Eingang öffnete. Das Tor wurde sofort niedergerissen und ist nicht mehr erbaut worden. Seit der Zeit besteht auch zwischen den Stiftlern und Städtlern Fried' und Einigkeit. – Also erzählt man; ob's auch so in der Kempter Chronik stehe, kann ich nicht sagen. Kurz: der Spiegelschwab spielte darauf an, so wie auf ein anderes Stücklein, als er den Wirt fragte, wie es mit dem Meisenfang gehe? Der Wirt zupfte ihn beim Ohrenläpple und sagte: »He, Gevattersmann!« »Aber erzähle mir doch«, sagte drauf der Wirt, »wie ist's denn mit

---

104 Turmwächter
105 Kohlstrunk

dem Gucker[106] gegangen in Memmingen?« »Davon weiß ich nichts; ihr müßt darüber die von Ulm fragen.« »Nu, nu!«, sagte der Wirt, »dumm seid ihr Memminger auch genug, daß man so etwas von euch glauben könnte.« Und so neckten sie sich denn wechselseitig, wie es denn die Schwaben gern tun untereinander als gute Landsleute.

Das Stücklein will ich dir aber im Vertrauen erzählen, günstiger Leser, wenn du es nicht weiter erzählst. Dem Bürgermeister in Kempten ist einmal seine Meise ausgekommen; da ist alsogleich der Befehl ergangen, man sollte alle Tore schließen, und die Bürger mußten alle Straßen und Häuser durchsuchen, ob die Meise nicht zu finden sei. Und noch heutigen Tags, wenn ein Kempter einen Winkel durchsucht, sagt man, daß er die Meise fangen wollte. Darum werden die Kempter von ihren Landsleuten Meisenfänger genannt. – Für die Wahrheit dieser Geschichten will ich aber nicht gutstehen; wie man denn den Schwaben vieles nachsagt, was verstunken und erlogen ist. Aber sie haben zum Glück einen breiten Buckel und können's ertragen.

Es gibt in der Welt viel Lappen,
Denen nur abgeht die Narrenkappen.

Welchen Bericht der Spiegelschwab von seinem Weibe abstattet

Als sie sich nun bei einem Krug Bier gütlich taten, fragte der Gevattersmann, zum Zeitvertreib, nach dessen Weib, was sie mache, der Drache. Der Spiegelschwab, ob der Frage verstimmt, antwortete ergrimmt: »Sie ist die alte, kalte, schlot-

---

106 Kuckuck. Anspielung auf den bekannten Schwank mit dem Kuckuck, den die Schildbürger durch zwei Männer auf der Bahre aus dem Getreidefeld holen ließen, damit er ihnen nicht die Saat zertreten möchte. Die Memminger schieben das Stücklein auf die von Ulm.

terige, lotterige, schlampige, wampige, lumpige, plumpige Bettelvettel, wie sie immer gewesen, der Fegbesen. Mit jedem Jahr wird sie fieriger, schwieriger, hetziger, geschwätziger, ränkischer, zänkischer, polternder, folternder, häntiger, grantiger. Es ist wahrlich nicht mehr auszuhalten, mit ihr hauszuhalten; ihr ewiger Rumor verdirbt mir jeden Humor; ihr Rohsinn verscheucht mir allen Frohsinn; sie ist meiner Tage Plagmund und meiner Nächte Klagmund; meines Hauses Brandmal und meiner Nachbarschaft Schandpfahl; meiner Ruhe Mörderkeule und meines Friedens Martersäule. Sie ist der leibhafte Widerspruch und der leidhafte Gottversuch; schweig ich, so knurrt sie; red ich, so murrt sie; lach ich, so weint sie; scherz ich, so greint sie; trink ich, so schmollt sie; ess' ich, so grollt sie; geh ich, so bockt sie; bleib ich, so mockt sie. Ihr Übermut ist nicht zu zähmen und ihre Lästerwut nicht zu lähmen; das Schlagen mag sie nicht vertragen; das Schmeicheln nimmt sie für Heucheln; das Zanken will bei ihr nicht ranken; Bitten und Betteln heißt all Ansehn verzetteln, und Hoffen und Harren macht mich vollends zum Narren. Ich bin fürwahr ein bedrängter, gezwängter, gezähmter, gelähmter, gehetzter, zerfetzter, geplagter, verzagter, verzweifelter, verteufelter Ehmann und Wehmann.« »O armer Hans Urian!«, sagte der Gevattersmann und lachte, daß ihm die Wampe wackelte und der Kopf nackelte.

Scharpfe Schwerter schneiden sehr,
Scharpfe Zungen noch viel mehr.

Wie der Spiegelschwab weiter wandert und nach Kaufbeuren
kommt, und wie es ihm da wohlgefällt

Tags darauf wanderte der Spiegelschwab weiter fort gen Kaufbeuren. Außerhalb Kempten, bei Bärwangen auf der

Steig[107], wenn man zurückschaut, da sieht es wunderschön aus, so daß die Sage geht, es habe der Teufel Christum den Herrn, als er ihn versucht, auf die Bärwanger Steig geführt, und habe ihm das Kempter Ländle versprochen; was wohl auch zu glauben ist. – Noch desselbigen Tags, spät am Abend, kam der Spiegelschwab in Kaufbeuren an, und zwar just zur Zeit, wo die Kaufbeurer alljährlich ihr Dinzelfest[108] feiern. Da ziehen die Kinder, seltsam vermaschkeriert, mit Trommeln und Pfeifen und Fahnen und Hottos durch die Stadt ins Dinzelgehölzle, und da spielt und tanzt und schmauset man, und es geschieht den Kleinen zu Lieb und den Großen zu Gefallen. Und die kleinen Putznärrle sehen gar nett aus, und die größern Hexlein auch, die in der Rund' herum tanzen. »Da ist gut sein«, sagte der Spiegelschwab, »und da bleib ich, bis der letzte Sechsbätzner vertan ist.« Also, nachdem er des andern Tags dem Knöpfleschwaben den Scher-di-fort gegeben – denn er war ein wüster, käler[109] Gesell und litt alleweil an der böhmischen Krankheit[110] – da loschierte er sich beim Hirschwirt ein, und er zechte, was der Brief vermochte. Denn wie gesagt, es gefiel ihm über die Maßen in Kaufbeuren; es hauset da ein lustiges Völklein; sogar die Weber essen tagtäglich ihr Hühnle, und kurzum: es ist jahraus, jahrein Kirchweih daselbst. Das wußte und tadelte an ihnen der Pfarrer von Ober-Beuren, und um seine Schäflein vor diesen Wölfen zu warnen, erzählte er ihnen noch an den letzten Ostern folgendes Märlein: »Mir hat geträumt, ich stehe an der Pforte der Hölle. Und Luzifer kam heraus und eine Menge ihm untergebener Teufel. Und er sagte zu dem einen: ›Fahr hin nach Ober-Günzburg und verführ mir dort die Menschen. Und du‹, sagte er zum andern, ›fahr hin nach Oberdorf

---

107 Anhöhe
108 Handwerks-Jahrtag
109 garstiger
110 Faulheit

und tue desgleichen. Und du nach Thingau – und du nach Kaufbeuren<; und so schickte er sie alle fort, und verteilte sie, und befahl ihnen, sie sollten ihm Bericht geben von dem, was sie angestellt. Nach einer Weile kam einer nach dem andern zurück; und der Teufel von Ober-Günzburg sagte: >Ich habe sie zum Fressen und Saufen verführt.< Und der Oberdorfer sagte: >Ich habe sie zum Diebstahl und Totschlag verleitet.< Und so tat einer nach dem andern Bericht. Zuletzt kam auch der von Kaufbeuren. Zu dem sagte Luzifer: >Gib Bericht, was hast du getan?< Der Teufel antwortete: >Ich habe nichts getan, sondern bin auf des Turners Hausdach hinaufgeflackt und habe geschlafen.< Darob wollte Luzifer ihn schier strafen. Der Teufel aber sagte: >Die Kaufbeurer brauchen keinen Teufel; sie verführen sich einander selbst.<«

In solchem Wasser, merk es eben,
Pflegts keine andre Fisch zu geben.

Von Kaufbeurer Stücklein

Es wäre noch viel davon zu erzählen; aber schweig, Heinz! es mühet[111] den Kunzen.

Schweigen ist ein edle Kunst,
Viel Waschen bringt Ungunst.

Wie der Spiegelschwab einem Franken begegnet

Nachdem der Spiegelschwab in Kaufbeuren alles verputzt hatte, bis auf ein Käsperle[112] und ein Paar Bärenbatzen, so setzte er seinen Wanderstab weiter, und gedachte über

---

111   macht Verdruss
112   Silberstück, ¼ Taler

Buchloe nach Meiringen zu gehen zu seinem Freunde, dem Blitzschwaben. Vor Buchloe, auf dem Bühel, da wo der berühmte Galgen steht – es ist eine gar schöne Gelegenheit und Aussicht – traf er einen Krächsentrager[113], der ausruhte. Der Spiegelschwab, wie er denn von leutseliger Natur war, grüßte den deutschen Landsmann, welcher dankte. Und auf Befragen, woher? und wohin? vernahm er, daß jener aus Ochsenfurt sei – ist ein Städtle in Frankenland, nicht weit von Schweinfurt – und daß er als Knecht eines Nürnberger Pfeffersacks[114] hausieren gehe durchs Reich. Nun haben die Schwaben und Franken, als alte Gesippte, von jeher gern Gemeinschaft gehalten; und der Spiegelschwab, da er sich in so guter Gesellschaft befand, holte sogleich aus seinem Zwerchsack Brot, Würste und Branntwein hervor; denn er ging niemals leer, damit, wie er zu sagen pflegte, in der Hitze der Magen nicht leck würde und vollends ausliefe. Der Frank schwätzte viel, obwohl wenig Gescheites, wie seine Landsleute insgesamt zum Teil; und er ließ den Schwaben nicht zur Waschbank kommen. Da unterbrach ihn end-lich der Spiegelschwab und fragte den Gesellen, ob er, mit Verlaub! ein Jud sei. Und als jener sich dessen aufs heiligste verschworen, sagte der: »Aus deiner Sprache zu urteilen, wenn du kein Jud bist, so bist du doch bei einem Juden zu Kost und Lehre gegangen.« Auch das leugnete jener. »Nun, so sag mir denn«, sagte der Spiegelschwab, »haben die Juden von euch Franken sprechen gelernt, oder ihr Franken von den Juden?« Jetzt verstand der Ochsenfurter den Spaß, und er sagte: »Ich glaub wohl, wir alle beide voneinander.«

Nach einer Weile fragte ihn der Spiegelschwab: welche Stadt wohl schöner sei, Augsburg oder Nürnberg? Jener ant-wortete: »In Franken sagen sie, es sei Nürnberg, in Schwa-ben aber sagen sie, es sei Augsburg. Denn jeder Hahn kräht

---

113   Krächse: Gestell zum Tragen auf dem Rücken
114   Spottname für den Nürnberger Kaufmann

auf seinem eigenen Mist.« Diese Rede gefiel dem Spiegelschwaben, und sie tranken auf die Ehren beider Städte.

Das passet zueinander
Wie Mausdreck und Koriander.

Wie der Spiegelschwab mit guten Landsleuten ein Galgenmahl hält

Während die beiden Gesellen noch so sprachen, kam des
Weges von Buchloe her ein Sauschneider aus Filzhofen, der
Bauern Bayerland. Der stand still und, indem er die Hände
auf den Stecken und den Kopf auf die Hände stützte, lugte
er nach den beiden, die oben unter dem Galgen saßen.
Der Spiegelschwab trat ihm entgegen und besah ihn von
vornen und von hinten. »Was lugst mich so an?«, fragte
der Sauschneider, »hast du noch nie einen Bayern gesehen?« »Wägerle!«, sagte der Spiegelschwab, »es ist mir
mein Lebtag noch nie kein Tier vorgekommen, das einem
Menschen so ähnlich sieht.« Der Sauschneider wäre nicht
faul gewesen, er hätte auf gut bayerisch Händel angefangen. Aber der Spiegelschwab sagte, indem er ihm mit der
einen Hand tätschelte und mit der andern die Flasche vor-
hielt: »Tue stät[115], Männle! Du verschüttest mir sonst das
Tränkle.« Da, wie jener den Branntwein schmeckte, ließ er
alsbald seinen Zorn, und er trank und gesellte sich zu den
beiden. – Wie sie nun beisammen saßen, die drei Landsleute,
erzählte der Spiegelschwab von seinen Wanderungen und
seltsamen Abenteuern, was jene sehr belustigte. Dann, als
er geendet, sprach er: »Ihr andern könnet uns andern wohl
auch von ähnlichen Streichen erzählen.« »Ja wohl«, sagte

---

115   nur sachte

der Frank; »aber wir sind nicht die Narren, daß wirs erzählen.« Und der Bayer sagte: »Komm nur zu uns ins Land und nach Weilheim, da kannst du der Streich' und Stück' fuderweise haben.« Also fätzten und trätzten[116] sie einander, wie es eben unter guten Gesellen der Brauch ist. Und es war ein Geschwätz und Getratsch unter den Dreien, daß selbst die Fakeln[117], die um sie herum wühlten, und die Daheln[118], die über ihren Häupten saßen, einander nicht mehr verstehen konnten. Zuletzt, nachdem sie sich ewige Freundschaft gelobt, nahmen sie voneinander Abschied.

Allda mag niemand Gebietiger sein,
Es sei denn Schwab, Bayer oder Fränklein.

Wie der Spiegelschwab den fahrenden Schüler Adolphum vom Galgen errettet

Als hierauf der Spiegelschwab gen Buchloe hin fortging, da kam ihm eine Prozession entgegen, aber ohne Kreuz und Fahnen. Es wurde nämlich bloß ein Maleficant[119] zum Galgen geführt. Wie verhoffte er aber, als er in dem armen Sünder den fahrenden Schüler Adolphum erkannte. Auf Befragen, was denn der Schächer verbrochen habe, erhielt er zur Antwort, es müsse ein Spion sein, denn man habe Schriften bei ihm getroffen in einer unverständlichen Sprache, in der Meißner Mundart, die wahrscheinlich eine Spitzbubensprache sei; und man habe aber soviel daraus abgenommen, daß es über die Schwaben hergehe; und man habe daher den Schluß gefaßt, er wolle das Reich, das doch gut kaiserlich sei, an

116 foppten und reizten
117 Ferkel
118 Dohlen, Raben
119 Missetäter

Preußen verraten; und folglich habe man das Urteil gesprochen, daß seine Schriften von Henkers Hand verbrannt, er aber selbst mit dem Strang hingerichtet werden solle, von Rechtswegen, wie's Rechtens ist. Der Spiegelschwab merkte gleich, es seien jene Schriften nichts anders gewesen, als eine Sammlung von Schwabenstreichen, und er faßte daher kurz und gut den Entschluß, den armen Teufel zu retten. Er trat zum Blutrichter und sagte, er sei der Scharfrichter von Memmingen, und er solle ihm die Ehre lassen, in Buchloe, dem berühmten Galgenort, auch einmal bei so guter Gelegenheit sein Handwerk ausüben zu können. Das wurde ihm sogleich erlaubt. Wie er nun den Schelm die Leiter hinaufführte, raunte er ihm ins Ohr: »Adolphe, mach dich zum Sprung bereit!« Indem nahm er unvermerkt sein Sackmesser heraus, und als er dem Schächer den Strick um den Hals tat, schnitt er die Schlaufe so weit durch, daß nur noch der Strick hielt, aber nicht mehr die Last daran. Im Augenblick also, wie er den armen Sünder von der Leiter warf, riß der Strick, und Adolphus fiel, und stand unten, wie eine Katz, auf seinen Vieren. Nach der Buchloer Galgengerechtigkeit ist aber jeder arme Sünder frei, der dem Galgen entrinnt; anderswo auch. Also ist der fahrende Schüler Adolphus durch des Spiegelschwaben List vom Galgen errettet worden.

> *Der ist weis und hochgelehrt,*
> *Der alle Dinge zum besten kehrt.*

Schutz- und Trutzrede des Autoris

Viele meiner Landsleute, die dieses lesen, werden es dem Spiegelschwaben nicht verzeihen können, daß er den Studenten vom Galgen befreit habe, den Spitzbuben. Diese Leute sollen aber wissen und verstehen, daß Spaß Spaß sei, und daß man nicht gleich Ernst daraus machen solle. Und überhaupt, ich sage meine Meinung frei, zum Trutz jener meiner Landsleute, daß es Jammer-Schaden ist, daß die köstliche Sammlung des fahrenden Schülers Adolphi von den Schwabenstreichen verbrannt und verloren gegangen ist. Denn wenn die Kunde von diesen Streichen einmal verschollen ist, womit wollen denn gute Landsleute einander aufziehen? Und worüber sollen wir denn mehr lachen, als über uns selbst, die wir doch am besten wissen, was an uns ist? – Was aber die draußen anbelangt, die nicht aus dem Reiche sind, so haben sie den Schwaben wahrhaftiglich nichts vorzurupfen; denn es ist wohl weltbekannt, daß z.B. die Österreicher Fläscheltrager und Kostbeutel sind, und die Salzburger Stierwascher; daß die Schlesinger einen Esel gefressen, die Mähren eine Stutt' für ein Faß Bier angezapft, daß die Thüringer sich um eine Heringsnase geschlagen, und daß die Böhmen einen madigen Hund für einen Parmesan-Käs gegessen haben. Von denen, die weiter gen Norden zu wohnen, ist ohnehin nicht zu reden.

Wäscht eine Hand die andre fein,
So werden sie alle beede rein.

Wie der Spiegelschwab gen Landsberg zieht, und was ihm unterwegs begegnet

In Buchloe, wo er den Henkerlohn bis auf den letzten Batzen verzehrt, überlegte der Spiegelschwab, welchen Weg er weiter einschlagen sollte. Da gedachte er der Worte des Sauschneiders, und daß Bayerland ein Paradies sei für lustige und durstige Brüder; und er entschloß sich demnach, einen Abstecher dahin zu machen, und lenkte gerades Weges Landsberg zu. Weil er aber in Buchloe zu lang auf dem Stuhl gesessen, so fing es schon zu nachten an, als er den Stoffelsberg hinanstieg. Indem er nun so stät des Wegs fort schlenderte, gewahrte er seitwärts im Dickicht ein Feuer, um welches mehrere Leute herum flackten. Er ging näher hinzu, und sah nun, daß es Zigeuner waren, die hier ihr Nachtquartier hielten. Unter allem Volke war ihm dies das liebste, weil er wußte, daß von denselben etwas zu erlernen sei von Geheimnissen der Zauberei und Passauerkunst. Er machte sich daher zu ihnen und setzte sich ohne weiteres ans Feuer. Sie grinzten ihn an, und er tat ihnen ein Gleiches. So war die Bekanntschaft gemacht. Eine Alte, neben der er saß, wollte ihm wahrsagen aus der Hand; und sie prophezeite ihm, erstens etwas Gutes, sodann etwas Böses. Das ist auch also geschehen. Denn ihm gegenüber saß ein junges Zigeuner-Mädle, gar lieblich von Wuchs und Ansehen. Es funkelten ihr ein paar Augen aus dem Kopfe, wie zwei glitzernde Edelsteine, und die Korallen-Lippen mit den zwei Reihen von elfenbeinernen Zähnen spielten wunderlieblich auf ihrem nußbraunen Gesichte. Der Spiegelschwab hatte ein Herz wie Feuerschwamm, und es kam bei ihm gleich zum Brand. Er konnte sein Aug nicht abwenden von der Blitzhex', und sie spenzelten[120] miteinander. Da sprang sie plötzlich auf, und sie winkte ihm, und er folgte ihr ins Dickicht hinein. Wie er sie aber eben packen wollte, packte ihn ein anderer von hinten und warf ihn, wie einen Holzblock, zu Boden. Es war ihm, als fühlte er Zähne in seinem Nacken. Und es war dem auch so; denn ein Enz-Melak[121] hatte ihn aufs feuchte Moos gelegt, so fest, als wäre er nie auf den Füßen gestanden. Der Schwab schrie um Hülfe. Aber die Blitzdirne lachte

120   verliebte Blicke zuwerfen
121   Großer ungeheurer Fanghund. Enz ist Erz in Zusammensetzungen; Melak:
       mit diesem Namen wurden große Fanghunde belegt, womit der rächende
       Volkswitz das Andenken an den französischen General Mêlac verewigte, der
       1689 die Pfalz verwüstete.

ihn aus; und sie wendete sich zu dem Zigeunerhauptmann, der nicht weit davon lag, und erzählte, was vorgegangen. Der lachte noch mehr. Und der Hund hielt Wache über ihm, wie über einem angeschossenen Wild; und er schnüffelte an ihm, auf und ab; und wie der Schächer sich rührte, so packte er ihn wieder am Genick und stieß ihm die Nase tiefer ins Moos. – Und so mußte denn der Spiegelschwab, auf dem Bauch liegend, unter Höllenangst, die lange, bange Nacht zubringen; und er hatte Zeit, über sich selbst und das menschliche Elend nachzudenken. Morgens ließen ihn Melak und der Zigeunerhauptmann los; aber er brauchte lange Zeit, sich selbst los zu machen vom Boden, an dem er angewachsen zu sein glaubte. Fromme Wünsche hat er den Heiden eben nicht nachgeschickt, kann ich euch sagen.

Trau keiner Tochter Eva's viel;
Sie treiben oft gar arges Spiel.

Wie der Spiegelschwab in Landsberg, der bayrischen Grenzstadt, einzieht, und wie der Zoller von ihm den Judenzoll fordert

Man erzählt: Unser Herr, als er die Welt durchwandert, sei auch nach der bayrischen Grenzstadt Landsberg gekommen. Da habe ihn der Zoller am Tor angeschrieen und gefragt: »Wer seid's? Woher kommt's? Wohin wollt's? Und was schafft's?« Der Fremde habe gesagt: »Ich bin Unser Herr, und will ins Bayerland, um meine Schafe zu suchen.« Hierauf habe der Zoller gesagt: »Da seid's auf dem unrechten Weg; hiesigs Land gibt's keine Schaf, sondern nur Säu.« – Diese Geschichte wird erzählt, nicht etwa zum Spott der Bayern, sondern allein, weil sie mit ihren Säuen in alle Welt handeln, was ihnen denn weder Schaden noch Schande bringt.

Der Spiegelschwab wurde auch vom Zoller gefragt, wer er sei, und wohin und was er wolle. Der sagte, er sei, salveni[122], ein Schwab, und er wolle ins Bayerland, eigentlich um erstens ein Weilheimer Stückle zu erfahren, und zweitens den Passauer Tölpel zu sehen, und drittens einen Münchner Bock zu trinken. Darauf der Zoller, das möge er tun; aber vor allem, wenn er Einlaß wolle, müsse er den Judenzoll zahlen. »Kotzkutzakatzakralla!«, sagte der Spiegelschwab, »meint der Herr etwa, ich sei ein Jud? Ich kann dem Herrn meinen christlichen Vorweis zeigen, wenn's der Herr haben will!« Der Zoller sagte, Schwaben stecke einmal voll Judennester; von ihm wolle er's aber glauben, ungesehen, daß er ein Christenmensch sei, weil er so heidnisch fluchen könne; und er möge daher ungeschoren hingehen, wohin er wolle. Also ging er hin, wohin er wollte. Er kam aber nicht viele Schritt weit, so klingelte ihm schon die Glocke ins Ohr und zog ihn hinein. Da wollen wir ihn denn auch sitzen lassen.

> *Die Schwaben und das schlechte Geld*
> *Führt der Teufel durch die ganze Welt*

Wie es den Spiegelschwaben nach bayerischer Kost gelustet, und wie sie ihm schmeckt

Wenn ein Bayer in ein Wirtshaus kommt, so verlangt er vor allem Bier; ein Schwab aber will vorher essen und dann erst trinken; wie's auch natürlicher ist. Von jener seltsamen Gewohnheit der Bayern erzählt man sich aber außer Lands eine possierliche Geschichte. Es habe einmal, sagt man, ein Bayer von einer Fei[123] erhalten, daß er drei Wünsche tun dürfe, die sie ihm erfüllen wolle. Da habe er sich zum ers-

---

122   mit Verlaub zu melden
123   Fee

ten gewunschen: ein Bier; dann habe er sich zum andern gewunschen: ein Paar Bratwürstel; endlich, nachdem er sich noch eine Weile besonnen, habe er sich zum dritten und letzten Mal gewunschen: Bier gnue'[124]. Also ist auch die Gewohnheit den Bayern geblieben, bis auf den heutigen Tag. Die Schwaben aber, wie gesagt, wollen zuerst essen, und zwar g'nug essen. – So tat denn auch der Spiegelschwab beim Glockenwirt zu Landsberg. Die Wirtin, eine Schwäbin, von Lametingen, fragte den Landsmann: »Was wender?[125]« Der Landsmann fragte entgegen: »Was hender?[126]« Jene drauf: »Ein Brenntsüpple oder Leberspätzle.« »Was noch?« »Wenn's Euer Beutel vermag«, sagte die Wirtin, »meine Kugel vermag alles. Frümmet nur an![127] Wender eppe[128] einen Bettelmann[129]?« »Nein«, sagte der Spiegelschwab unwillig. »Oder wender eppe Hasenbollen?[130]« »Warum nicht gar Bärendreck!« »Oder wender sonst eppes von Knödeln, Nudeln oder Küecheln, oder einen Gogelhopf?« »Das alles kann ich auch zu Haus haben im Schwabenland; jetzt bin ich im Bayerland, und ich will bayersche Kost verkosten.« Drauf die Wirtin: »So könnt Ihr denn erstens haben ein Süpperl mit Schneckerl und Nockerl[131]; Ihr könnt zweitens haben einen Semmel-, Zwespen- oder Hollerrötze[132]; Ihr könnt drittens haben Dampfnudeln, bayerische, mit Hutzeltunk[133]; Ihr könnt viertens haben bayerische Rübeln oder bayerisches Pulver; Ihr könnt fünftens haben ein Fotzmaul[134] –« »Bringt

---

124 genug
125 Was wollt Ihr?
126 Was habt Ihr?
127 Bestellet!
128 etwa
129 Schwarzbrotauflauf mit Äpfeln, Rosinen und Zimt (A.d.V.)
130 Hasenklößchen in Honig getaucht, eine Fastspeise
131 Nudeln, Knödel feinerer Art
132 Holunderbeerenbrei
133 Sauce von gedörrtem Kernobst
134 Rindsmaul

mir ein Fotzmaul«, sagte der Spiegelschwab. Das ist denn auch geschehen, und es war zwar gemein das Essen, aber gut.

Nudeln und Nocken,
Sterzen und Blenten[135]
Sind der Bayern vier Elementen.

Wie dem Spiegelschwaben das bayerische Bier schmeckt, und was der Wirt ihm für einen Streich spielt

Nachdem der Spiegelschwab gegessen und sich das Maul abgewischt, rief er der Kellerin und verlangte ein Mäßle Bier. Die brachte es ihm in einem Krug, der ohne Luck[136] war; denn sie meinte, er sei ein Schinder seiner Profession. Der Spiegelschwab, dies merkend, hatte schier Lust, ihr das Bier über den Kopf zu schütten. Er wollte es aber doch zuerst versuchen, ob es nicht Schad wäre um das Tränkle, wenn auch nur ein Tröpfle verloren ginge. Und er trank. Indem trat der Wirt herein. Den fragte der Spiegelschwab, von was man denn in Bayern das Bier mache? Der Wirt sagte: »Nun ja, von was denn, als von Hopfen und Malz.« »Bei uns, in Schwaben«, sagte der Spiegelschwab, »macht man's aus Weidenrütle und Hobelspän.« »Was!«, sagte der Wirt, »das muß ja ein Malefiz-Gesöff sein.« Worauf der Spiegelschwab sagte: »Es schmeckt justement so, wie dies da.« – Diese Rede verdroß schier den Wirt; und er gedachte ihm auch eins anzuhängen, ließ sich's aber nicht merken. Nach einer Weile fragte er ihn, aus was Absicht er ins Bayerland reise. Und der Spiegelschwab sagte, wie zum Zoller: Aus keiner ander Absicht, als ein Weilheimer Stückle zu erfahren, und den Passauer Tölpel zu sehen, und einen Münchner Bock zu trinken. Der Wirt sagte, mit einem Münchner Bock könne er

135   Krautkohlstrunk und Buchweizenbrei
136   Deckel

ihm aufwarten; aber, um ein Weilheimer Stückle zu erfahren, müsse er selbst nach Weilheim gehen. Und er sagte: »Laßt Euch die Weile nicht lang sein, bis ich wiederkomme, und seht Euch einstweilen in der Stube um.« Das tat denn der Spiegelschwab; und es hingen schöne Bilder da, welche die Taten Till Eulenspiegels darstellten. Und eine Tafel aber hing unter ihnen, die hatte die Aufschrift:

> »Hier unter diesem Vorhang steht
> Dein recht wahrhaftes Kontrafet;
> Dies reich' ich dir zur Gabe dar.
> Mach auf und schau, denn es ist wahr.«

Der Spiegelschwab hob das Fürhängle auf, und er sah – ja, was sah er? – Den leibhaften *Passauer Tölpel*, mit der schönen Unterschrift:

> »Ich bin der Tölpel hübsch und fein.
> Zu Passau bin ich nicht allein,
> Werd' ausgeschickt in alle Land,
> Darum bin ich so wohlbekannt.«

Der Spiegelschwab ließ das Fürhängle gleich wieder fallen und schlich sich an den Tisch zurück. Aber der Wirt, der durch das Küchenfenster zugesehen, sagte: »Er ist nicht getroffen, der Tölpel; schaut dort in den Spiegel hinein, da sieht er ihm aufs Haar gleich.« Und er lachte den Schwaben aus, der kein Wörtle sagte. Drauf schenkte er ihm Bock ein, und der Schwab trank, und er sagte: »Sapredipix! Das wär' ein Tränkle!« »G'seng Gott!«, sagte der Wirt. Und sie tranken einander Gesundheit zu.

> *Darnach Mann, darnach Quast,*
> *Darnach Wirt, darnach Gast.*

Von zwei schwäbischen Afterhelden,
dem Mucken- und dem Suppenschwaben

Wie sie noch brüderlich miteinander zechen, kommt die Kellerin und sagt, es seien zwei Schwaben draußen, der Mucken- und der Suppenschwab; die wollten gegen Trinkgeld den Hasen zeigen, das Untier, das die neun Schwaben am Bodensee droben erlegt hätten. »Was?«, rief der Spiegelschwab, »neun Schwaben? Wir sind nur unserer sieben gewesen. Und was den Hasen anbelangt ... Kurzum: es ist alles verstunken und verlogen.« Der Wirt sagte, sehen und hören könne man's ja, man dürfe dann doch glauben, was man wolle. Und er ließ die beiden hereinkommen. Der Spiegelschwab erkannte gleich in den beiden Landsleuten die Fatz- und Speivögel von Marchtal und Ehingen, die ganz Schwabenland kennt, und er hatte seine geheimen Ursachen, stät und still zu sein. Die aber wiesen nun den ausgestopften Hasen vor, das Untier, wie wenn sonst andere, die einen Wolf oder Luchs oder Bären erlegt, die Haut oder den Kopf davon zur Schau im Land herum tragen. Und sie erzählten dabei die Geschichte der Hasenjagd, aber mit ganz andern Umständen, weshalb denn der Spiegelschwab eins über das andere Mal sein »verstunken und verlogen!« in den Krug hinein brummelte. Zuletzt sangen sie noch ein Liedlein, das der Marchtaler selbst ausdenkt hat – gleich denen, die Sommer und Winter spielen.

Der Erst

O, i' sih schau' dǝ˜ Haas
Dort sitzǝ˜ uffǝm Waas;
ǝ graussǝ Naut!
ǝr guckt üs grimmig ã,

83

Näher gang i' 'itt 'nā,
Suscht wär i' taud.

Der Ander

Guckt ər mi' grimmig ā
So gang i' näher 'nā,
Und wär i' taud.

Der Erst

Guck, wiə ər d'Aurə˜ spitzt,
Guck, wiə ər eüs āblitzt
Ganz volər Wuət.
O Landsmā, lass do' seȳ,
Schteck do' dein' Büchsə˜ei,
əs koscht vil Bluət

Der Ander

I' aber lass' 'it seȳ
Meī Büchs' i' schteck' 'it eī,
Und koscht əs Bluət.

Der Erst

Gang z'ruck, i' bitt' di' drum,
O Landsmā, suscht kommst um,
Lass 's Jagə˜ seȳ!
Guraschə hót dés Tiər,
's tuət wiə ə wilder Schtiər,
Woəg di' nit draī.

Der Ander

Guraschə häb' dés Tiər,
Tuət's wiə ə wilder Schtiər,
So woəg mi' draī.

Drauf, nachdem sie vom Wirt eine gute Bescherung erhalten – der Spiegelschwab gab nichts – zogen sie ab und davon. Nun aber fing erst der Wirt an, den Schwaben zu schrauben und zu stimmen nach allen Noten, wobei er die Späße von »gan, stan, lan« und »schwäbisch ist gäbisch« und andere Stampaneien vorbrachte, womit die Bayern die Schwaben zu necken pflegen. Der Spiegelschwab sagte zu allem kein Wörtle, sondern schwieg und soff. Zuletzt fragte ihn der Wirt noch, zu welcher Art von Schwaben denn er gehöre? »Ich«, antwortete er, »gehöre zu den geduldigen Schwaben.« Was denn diese für eine wären? »Nun«, sagte er, »die legen sich auf den Bauch und lassen sich den Hobel ausblasen von Leuten, die sie foppen.«

Faust gen Faust und Wort gen Wort,
Wiedergeltingen ist auch ein Ort.

Wie der Spiegelschwab sich für einen Schatzgräber ausgibt und die Landsberger um ihr Schatzgeld prellt

Der Spiegelschwab hatte nur noch ein Käsperle im Sack, und wollte doch noch eine weite Reise tun, und in allen Wirtshäusern einkehren, und redlich bezahlen, wann er eben konnte. Wie er denn ein erfinderischer Kopf war, der sich aus allen Nöten zu retten wußte, so verfiel er auf einen neuen Streich, und wollte den Schatzgräber spielen. Er fragte deshalb abends den Wirt insgeheim, ob nicht irgendwo ein Schatz verborgen sei in der Umgegend? Der Wirt sagte: »Auf dem Schloßberg, sagt man, soll einer verborgen sein, den mag aber der Teufel finden, der ihn wohl schon hat; ein Christenmensch nicht.« Der Spiegelschwab sagte, er sei der Mann, der's könne, und er setzte sein letztes Käsperle daran, daß es ihm gelingen werde. Der Wirt sagte: »Sehen will ich's, dann glaub' ich's. Auf ein Käsperle kommt's mir auch nicht an.« Also, sobald die Sonne untergegangen war, brachen die beiden in aller Stille auf und gingen miteinander auf den Schloßberg. Als sie dort angelangt, schritt der Spiegelschwab das weite Gehöfte ab, um, wie er sagte, die rechte Stelle zu finden; dann machte er unter vielen Zeremonien ein Loch in die Erde, und sagte dann zum Wirt, er solle ein Käsperle hineinlegen. Hierauf sprach er – was er noch aus der Prinzipi[137] wußte – mit feierlichem Ernst die Worte: *hic haec hoc, horum harum horum, hibus*; praktizierte dann insgeheim sein Käsperle zum andern, deckte das Loch zu und machte einen Drutenfuß drauf. Mit Sonnenaufgang, sagte er, wollten sie wiederkehren, und dann werde er zu seinem Käsperle noch ein anderes finden. Das ist denn auch geschehen. Sogleich suchte der Wirt all sein Schatzgeld zusammen, und seine Freunde, denen er's insgeheim sagte, taten desgleichen, und der Spiegelschwab war bereit, das Stücklein zu wiederholen, gegen halb Part. Also wurde das Geld des andern Abends eingegraben; und, während die Geister auf dem Schloßberg ihre Schätze herbei schleppen sollten, zechten die Gesellen wacker in der Stadt drunten beim Glockenwirt. Der Spiegelschwab aber schlich sich morgens durch die benebelten Gäste ungesehen hindurch und hob frühzeitig genug die Heckpfennige und ging davon. Also fanden die Landsberger, wie sie dahin gekommen, wohl einen Schatz in dem Loch, aber nicht den rechten; und sind mit langen Nasen abgezogen.

> Mit Lügen und Listen
> Füllt man Kästen und Kisten.

---

137 unterste Lateinklasse

Wie es dem Spiegelschwaben weiter ergangen

Man erzählt: die Landsberger hätten den Betrug früh genug bemerkt, und es seien einige dem Landfahrer nachgesetzt, und nachdem sie ihn eingeholt, hätten sie ihn, wie eine volle Garbe, so durch und durch, und über und über gedroschen, daß ihm der letzte Schatzpfennig entfallen, und er ganz ausgeleert war. Andere dagegen behaupten: Der Scherg habe ihn aufgepackt, und er habe ihn vor's Gericht gebracht. Da habe er sich aber so meisterlich verantwortet, daß ihm der gestrenge Herr nichts habe anhaben können, obwohl man ihn, als einen Schwaben, gar zu gern hätte zappeln gesehen. Der Spiegelschwab habe gesagt, es sei unter ihnen ausgemacht worden, daß er am Schatz halb Part habe; das sei Numero eins; – und den halb Part habe er heraus genommen, keinen Heller mehr; das sei Numero zwei: – wenn sie den ihrigen nicht bekommen hätten, so sei er nicht schuld daran, sondern sie selbst; das sei Numero drei. Und also habe er recht und sie unrecht. So wurde denn der Spiegelschwab losgesprochen. Und er war ja freilich so unschuldig an der Sache, wie Einggeles Bock. Jedennoch soll er, wie verlautet, vom Richter noch etwas auf den Weg mit bekommen haben, so einen Merks-Marx! Wer wissen will, was, der lese die Landsberger Chronik nach.

> Und wärst du auch der brävste Mann,
> Man hängt dir doch ein Klämperle an.

Handelt von alter und neuer Bekanntschaft; und wie der Spiegelschwab die Ehre der schwäbischen Landssprache rettet

Auf dem Wege nach Weilheim kehrte der Spiegelschwab in einem Batzenhäusle ein. Da traf er den Tyroler, der mit

Theriak und Schneeberger durch's Land handelte und lustigen Sinns so eben ein Schelmliedel vor sich hin sang, lautend:

ə Briəfərl hàb' i' g'schrib'n,
Hàb's tràg'n auf die Post,
Hàb' den Baərfürst'n g'fràgt,
Was sein Saulànd'l kost'.

Nachdem sie sich als alte gute Bekannte begrüßt, fragte der Spiegelschwab: »Woher und wohin des Weges?« »Von Haus in die Welt«, antwortete der Tyroler. Der Spiegelschwab: »Was gibt's neues? Schneit's noch immer in Tyrol?« »Ja«, sagte der Tyroler; »aber zwischen Johannis und Jacobi wird's warm, es mag userm Herrgott nun recht sein oder nicht.« Weiter fragte der Spiegelschwab: »Geraten Heuer in Tyrol die Kröpfe gut?« »Ja«, sagte der Tyroler, der den Spaß verstanden, »das Kraut geratet alle Jahr.« Indem sie noch weiter mit einander redeten und einander hänselten, wie denn gute Gesellen zu tun pflegen, trat der Wirt herein, ein schlampeter, wampeter Holedauer-Klachel[138], der, sobald er den Schwaben witterte, sogleich anschlug wie ein Jagdhund. Beim Spiegelschwaben hatte es aber keine Not; denn er blieb keine Red' schuldig, und auch keine Grobheit. Und darauf kommt's eigentlich an. Der Wirt, nach der Gewohnheit der Bayern, fing gleich an, den Schwaben aufzuziehen von wegen der »Sprauch«. Da sagte der Spiegelschwab: »Wißt Ihr was? Weil Ihr Euch denn so proglet mit Eurer Sprach', so soll's eine Wette gelten um die doppelte Zeche; wer drei Vögel am geschwindesten nennt, der soll gewinnen; der langsamste muß bezahlen. Der Tyroler da solle den Ausspruch tun, und könne umsonst mittrinken.« Der Tyroler sagte, er tue selbst mit; vermeinend, er werde gewinnen. Also wurden sie der

---

138 Vierschrötiger, ungeschlachter Kerl aus Holedau. Holedau (richtiger: Hallertau) ist die Gegend zwischen der Ammer, Ilm und Abens, über deren Bewohner als derbe Menschen sich der Volkswitz gern lustig macht.

Wette eins. Und der Schwab fing an und sagte so geschwind er konnte: »Zeisle, Meisle, Fink.« Darauf sagte der Tyroler, bedächtig und langsam: »Eppermal ein Alster, eppermal ein Amsel, eppermal ein Nachtigall.« Der Wirt sagte: »Tyroler, du mußt bezahlen.« Darauf der Tyroler: »Ich muß echterst hören, was du noch vorbringst.« Der Wirt fing an und sagte: »Ein Sta', ein Da'l[139].« Da fiel ihm aber der dritte Vogel nicht ein, und er besann sich lange; endlich sagte er: »Und ein Spansau.«

Darob lachten die beiden andern Gesellen; und der Tyroler sagte: der Wirt müsse bezahlen, als der am langsamsten gewesen sei. Und der Schwab fragte ihn, ob denn die Bayern die Spansau zum Federvieh zählten? Der Wirt aber stand auf, ärgerlich, und sagte auf gut Hochdeutsch: »Küßt mir den Buckel!« – Und also zechten die drei tapfer miteinander, und der Spiegelschwab war nicht der letzte zum Krug. Als sie alle drei satt hatten, obwohl noch lange nicht genug, fragte der Wirt nach der Zech und zahlte sie dem Spiegelschwaben aus, und der strich sie ein, als wäre er der Wirt und der andere der Gast. Und er sagte: »Dank für die Bezahlung.« Drauf, als er Abschied nahm, sagte er zum Wirt, er wolle ihm noch ein Rätsel zum Besten geben, damit er sich bei andern die doppelte Zeche wieder abverdienen könne. Das war dem Wirt recht; und der Spiegelschwab sagte: »Was ist das für ein Ding: es hat keine Augen, und sieht doch; es hat keine Ohren, und hört doch; es hat keine Nase, und riecht doch; es hat keinen Mund, und ißt doch; es hat keine Hände, und greift doch; es hat keine Füße, und geht doch. Jetzt ratet!« Der Wirt gab sich gefangen. Der Spiegelschwab sagte, es sei dies ein Bayer. Die Bayern hätten keine Augen, sondern Gäckel: sie hätten keine Ohren, sondern Loser; sie hätten keine Nase, sondern einen Schmecker; sie hätten keinen Mund, sondern eine Gosche; sie hät-

---

139 Star/Dohle

ten keine Hände und Füße, sondern Bratzen und Haxen. Es war ein Glück für den Spiegelschwaben, daß er die Schnalle schon in der Hand hatte und hinaus witschte. Er hätte sonst einen tüchtigen Guß um Gruß mit auf den Weg bekommen.

Wahrheit ist ein seltnes Kraut,
Noch seltner, der sie wohl verdaut.

Allhier fangen die Weilheimer Stücklein an/Erstes Kapitel

Bei Weilheim liegt ein Berg, der heißt der Eselsberg. Man erzählt, daß er den Namen davon erhalten habe: Es sei ein Landstürzer nach Weilheim gekommen, der habe den Weilheimern versprochen, er wolle ihnen ein Mittel geben, wie sie auf wohlfeile Art zu Eseln kommen könnten, woran in ihrer Stadt so sehr Mangel sei. Und er bot ihnen zum Kauf Eselseier an (es waren aber große Enteneier). Diese Eier, sagte er, solle einer von ihnen ausbrüten; es müßte aber der Bürgermeister selbst sein. Also wurden sie des Handels eins, und der Bürgermeister setzte sich, oben auf dem Berg, über das Nest und brütete aus. Weil es ihm aber zu lang und zu bang wurde auf dem Nest, so ruckte er mit dem Hintern, und da fiel ein Ei heraus und wargelte den Berg hinab ins Gebüsch hinein. Unten hockte ein Has', der wurde aus seinem Lager aufgeschreckt und lief davon. Wie der Bürgermeister von Weilheim das Ding fortlaufen sah, vermeinte er, es sei ein junger Esel, der aus dem Ei ausgekrochen. Und also schrie er, was er konnte: »Hierher, Büberl; siehst du denn nicht, wo dein Vater ist?« – Also wird erzählt; es kann aber auch erlogen sein. Gewiß ist aber, daß seit der Zeit die Weilheimer keinen Mangel mehr gehabt haben an Eseln.

So erzählte dem Spiegelschwaben ein Buchführer aus Kohlgrub, der die Geschichten vom Eulenspiegel, von der schönen Magellone, von den Heimonskindern und andere hausieren trug, und er sagte ihm, er solle nur beim Bräuwastel einkehren; der wisse ihm noch mehr zu sagen von Weilheimer Stückeln.

> *Dies ist ein treffliches, fruchtbares Land,*
> *Die Narren wachsen ungesehen hinter der Wand.*

Vom Ursprung der Weilheimer Stücklein und ihrer Ausbreitung durch die ganze weite Welt/Zweites Kapitel

»Etwas ist dran«, sagte der Bräuwastel, »aber nicht alles, was von Weilheimer Stücklein erzählt wird. Glaubwürdigen Nachrichten zufolge stand nämlich da, wo jetzt Weilheim steht, in uralten Zeiten eine Stadt namens Lalenburg, deren Einwohner wegen ihrer dummen und albernen Streiche weltberühmt geworden. Durch einen Unfall ohnegleichen ist ihre Stadt zerstört worden, und die Einwohner selbst haben sich zerstreut. Daher kommt es denn eben, daß nicht leicht eine Stadt sei, wo nicht Nachkommen dieser Leute sich vorfinden, die eben dummes und letzes[140] Zeug verrichten. Am meisten mögen sie sich jedoch freilich zu Schilda in Sachsen, zu Hirschau in der Oberpfalz und allhier zu Weilheim in Ober-Bayern angesiedelt haben. Aber nicht alles, was man diesen Städten Böses nachsagt, ist, wie gesagt, wahr. Gar vieles kommt auf Rechnung anderer Städte in Ober- und Nieder-Bayern, in Franken, wie auch in den beiden Pfalzen; ja selbst München, der Sitz der Weisheit, ist nicht frei von solchen dummen Streichen und denen, die sie machen; und man könnte es füglich Groß-Weilheim nennen.«

---

140 verkehrtes

Der Spiegelschwab ward durch diese Erzählungen sehr vergnügt, wie hoffentlich auch der geneigte Leser; und er wünschte mehreres noch von solchen Stücklein zu hören. Der Bräuwastel gab ihm das Büchlein von den Lalenburgern, gedruckt in diesem Jahr und mit vielen Holzschnitten geziert; und der Spiegelschwab las darin bis spät in die Nacht, und hätte schier Essen und Trinken drob vergessen, wenn ihn der Wirt, der seine Zeche machen wollte, nicht daran gemahnt hätte.

> *Es wachsen, ohne Dung und Pflug,*
> *Die Toren überall genug.*

Von den Weilheimer Stücklein/Drittes und letztes Kapitel

Des andern Tags beim Abschied sagte der Bräuwastel zum Spiegelschwaben, es freue ihn, seine Bekanntschaft gemacht zu haben; denn nun sehe er, daß die Schwaben nicht so dumm seien, als wofür man sie ausgibt. Der Spiegelschwab sagte entgegen, es freue ihn auch, daß er seine Bekanntschaft gemacht habe; denn nun sehe er, daß die Bayern nicht so grob seien, als wofür man sie ausgibt. Und also schieden sie als die besten Freunde.

Wie der Spiegelschwab durch die Stadt ging, fielen ihm sogleich im Vorbeigehen noch einige Stücklein auf die Nase. Einer fuhr mit einem geladenen Mistwagen vorbei; und als ihn einer fragte, warum er wieder umkehre, sagte er, er habe die Mistgabel vergessen, und er müsse sie holen.

Ein Zimmermann saß auf einer hölzernen Dachrinne oben am Haus und sägte sie ab; er saß aber auf dem letzten Teil und fiel damit herab.

An einer Haustür war ein Mann beschäftigt, neben einem größeren Loch, wo die Katze ein- und ausschliefen konnte, zwei kleinere zu machen. Auf die Frage, warum er das täte, sagte er: »Die Katze hat zwei Junge geworfen; ich tu es drum, daß die auch aus- und einkönnen.«

Als er unter das Tor kam, stand ein leerer Heuwagen drunten, auf dem der Wiesbaum quer über lag, so daß also der Wagen nicht zum Tor herein konnte. Der Knecht besann sich nicht lange, sondern holte eine Säge und sägte den Wiesbaum mitten entzwei. – »Herrgott von Buxheim!«, rief der Spiegelschwab aus; »welch ein lustiges Leben muß es in einer Stadt sein, wo täglich und stündlich solche Streiche blühen!«

> Galt einen Batzen jeder Streich,
> Wir wären noch einmal so reich.

Wie der Spiegelschwab in die Hölle kommt, und was er dort erfahrt

Eine Stunde außerhalb Weilheim, auf dem Weg nach dem heiligen Berg Andex, fiel ihm ein, gehört zu haben, daß in Polling extra gutes Bier zu trinken sei. Also scheute er nicht den Umweg und ging wieder zurück und dahin. Und es schmeckte ihm gut. Das hörte der Abt des Klosters, ein leutseliger, niederträchtiger Herr, und es wurde ihm hinterbracht, im Trinkstüble sitze ein Schwab, der könne saufen trotz einem Bayern. Der Abt sagte, man solle ihm genug geben, und umsonst. Und der Spiegelschwab profitierte auch von der gnädigen Erlaubnis, und er trank und sagte eins ums andere Mal: das müsse man sagen, und es sei wahr: im Kloster ist ein Leben wie im Himmel. Und er guckte so oft und so lange in die Bierbütsche, bis sein Himmel, das Kapitolium, sternvoll wurde und er bewußtlos dalag wie ein Schwein. Das wurde dem Abt hinterbracht; und er sagte: »Weil denn der

Schwab den Himmel verkostet, so solle er auch die Hölle verkosten.« Und also ließ er ihn in ein tiefes, kuhfinsteres Kellerloch tragen. Des andern Tags, wie der Spiegelschwab erwachte und sich den Rausch aus den Augen rieb, standen zwei kohlschwarze Männer vor ihm mit Fackeln in der Hand; und auf die Frage des Spiegelschwaben: »Wo bin ich denn?«, sagten sie: »In der Hölle.« Und sie gaben ihm sogleich den Willkomm, wie's im Zuchthaus und in der Hölle herkömmlich ist. Dann ließen sie ihn allein in der schrecklichen Finsternis, und es war allda Zähnklappen; und er hatte nun abermal Zeit, wie unter den Zähnen des Melak, über sich und das menschliche Elend nachzudenken. Um Mittag kamen die beiden Teufel wieder und brachten ihm einen Laib Brot, das schier aussah wie ein Pechkuchen. Der Spiegelschwab sagte, es täte ihn nicht hungern, wohl aber dursten. Und er dachte sich: »Ach, hätte ich nur ein Tröpflein Gerstensaft von gestern!« Die Teufel aber gingen abermals fort, ohne ein Wort zu sagen; und der Spiegelschwab saß wieder allein da in der Finsternis der Hölle, und es wurde ihm auch Höllenangst. Er fing nun an, an dem Brotlaib mehr zu sutzeln[141], als zu beißen; aber es schmeckte wie pures Salz, und es durstete ihn noch ärger, also, daß er an dem feuchten Gemäuer umher kroch und die Wassertropfen, die daran hingen, ableckte. Indem er so im Finstern umher tappte, da stieß er an etwas, das sich anfühlte wie ein Faß. Und es war auch eins, und zwar ein volles. Er zapfte es sogleich an – und das Anzapfen verstand er – und er soff wie ein Bürstenbinder, und wurde in dem Maße voll, als das Faß leer wurde. Und so fanden denn abends die beiden Männer wieder das alte Schwein; und sie trugen ihn fort und hinaus in einen Straßengraben, wo sie ihn im Dreck liegen ließen. Des Morgens, wie er erwachte und sich auf das besann, was ihm begegnet, schwor er bei Stein

---

141 saugen

und Bein: er wolle sich vor dem bayerischen Bier in acht nehmen und keinen Tropfen mehr trinken, als höchstens sechs
Mäßle auf einem Sitz.

Zusagen und halten
Steht wohl bei Jungen und Alten.

Von einem Abenteuer, das der Spiegelschwab
mit einem Pfaffen gehabt

Wenn die Höllenqualen bekehren würden, so wäre der Teufel
schon längst ein Heiliger. Bei dem Spiegelschwaben hat die
Hölle nichts verfangen. Davon gibt folgendes Stücklein ein
Zeugnis.

Vor Pähl, auf der Straße, begegnete ihm ein Pfaffe; der trug
auf seinen Schultern eine Geldkaße voll Opferpfennige, und
er schmunzelte unter der liebwerten Last wie einer, der sein
Schätzle heimführt. Der Schwab dachte sich: »Dem will ich
tapfer einheizen, daß er ein paar Güldele schwitzen muß.«
Und er ging auf ihn zu und sagte: »Mit Verlaub! Ich will
Euch die Last da abnehmen.« Der Fachsenmacher wollte
nur einen Possen spielen, wie er zu tun pflegte; aber der Herr
nahm's für baren Ernst, und er stellte sich und sagte: »Hebe
dich hinweg, Swabe!« Donner und Wetter! Wie schwoll da
dem Spiegelschwaben der Kamm! Hätte er ihn einen Stock-
böhmen, einen Kalmucken geschimpft, oder noch was Ärge-
res, es hätte ihn wahrlich nicht so sehr verschmacht[142]. »Was,
Schwabe?«, sagte der Schwabe, und ging dem Schwarzrock
näher an den Leib, und hielt ihm die Faust unter das Kinn,
und fipperte[143] vor Zorn. In der Angst nahm der dicke Herr
seine Hilfe zur geistlichen Waffe, und er rief mit aufgehobe-

---

142 verdrossen
143 zitterte

ner Hand, zum Schwur, wie St. Niklas, die Bannformel über
ihn aus: Si quis – und so weiter. Der Spiegelschwab verstand
zwar kein Latein; aber er gneißte[144] doch, es sei dies so eine
von den Zauberformeln; und wie er denn von Haus aus
ein Hasenfuß war in solchen Dingen, so zog er andere Saiten auf und sagte, Leids wolle er ihm just nicht antun; aber
den Schimpf könne er auch nicht so auf sich sitzen lassen;
er möchte ihm daher ein paar Güldele geben, zum Beweis,
daß er's nicht übel gemeint. Dies tat denn auch der geistliche
Herr, zwar ungern, aber doch froh, daß er den schwäbischen
Landstürzer um so wohlfeilen Preis sich vom Leib geschafft.

Das wird erfahren oft und dick,
Je ärger Schalk, je besser Glück.

Wie der Spiegelschwab der Hexe von Kriegshaber begegnet, und wie er ihr Zauberwerk vernichtet

Als darauf der Spiegelschwab den Berg hinan gen Andex
ging, durch den Wald, bei einbrechender Nacht, da sah
er zu seinem Erstaunen mitten auf dem Weg die Hex von
Kriegshaber, die kochte. Der Spiegelschwab ging auf sie zu
und sagte: »Was machst, alte Hexe?« Diese antwortete grin-
send: »Ein Tränkle für Kirchweihgurgeln, wie du bist.« Und
sie schöpfte, und es floß gischend wie ein Strom in den Kessel
zurück. Dem Spiegelschwaben gefiel das Zauberstücklein,
und er fragte weiter: »Was macht dein Leibbaule, der
schwarze Kater?« »Er spinnt Fäden«, sagte die Hex, »um
Galgenvögel zu fangen, wie du bist.« Und sie schöpfte wieder
und goß die glühende Brüh auf den Boden; und es floß fort
und zog sich wie ein feuriger Faden um den Spiegelschwaben,

---

144 ahnte

und es wurde immer enger der Kreis und immer breiter der Strom. Der Spiegelschwab dachte sich: Das ist Hexerei, die einem Christenmenschen nicht schaden kann; und er foppte die Hex weiter: »Was macht der Teufel, der Kesselflicker?« Die Hex antwortete: »Kessel, um liederliche Strolchen und Diebe drin zu sieden und zu braten, wie du bist.« Und die Hex rührte immer stärker, und der Kessel floß über, und der Feuerstrom brannte ihm schon an die Sohlen. Da faßte der Spiegelschwab Mut, und er machte einen Kreuzsprung über den Kessel und die Hexe, und im Augenblick war alles verschwunden und verstoben. Nachdem der Spiegelschwab also der Gefahr entkommen, dachte er sich: »Die alte Runkunkel hat mir sicherlich den Weg zum heiligen Berg versperren wollen. Aber hinauf muß ich, trotz allen Hexen und Teufeln.«

Heuchelei und Schelmerei
Ist des Teufels Liverei.

Wie der Spiegelschwab in sich geht und sich bekehrt; woraus
ersichtlich, daß die Geschichte zu Ende geht

Nachdem der Spiegelschwab auf dem heiligen Berg die Heiligtümer in der Kirche angesehen, wobei er sich viele fromme Gedanken gemacht: da, wie er wieder zur Kirche hinaus wollte, sah er im Beichtstuhl einen Pater sitzen. Und er dachte bei sich: »Hat der nichts zu tun und hab ich nichts zu tun, so versäumen wir beide nichts, und ich kann gelegentlich beichten.« Also ging er in den Beichtstuhl und beichtete.

Wir wüßten aber natürlich kein Wörtle von dem, was er gebeichtet und wie's ihm ergangen, wenn nicht der Spiegelschwab selbst es erzählt hätte dem Blitzschwaben, seinem Freund, der es seinen Kindeskindern, und deren Kindeskinder mir es erzählt haben, wie folgt: Anfangs sei noch alles passierlich gegangen, da er in allem das Beste versprochen habe, namentlich wegen Wiederersatz dessen, um was er die Leute betrogen – bis es auf den Hauptpunkt gekommen: daß er nämlich uneins sei mit seinem Weib und seit einem Jahr nicht mehr zusammen wohne mit ihr. Er hasse sie eben nicht, habe er gesagt, vielmehr er wolle fleißig für sie beten um ein seliges End; aber leiden könne er sie nicht, und er möchte lieber mit einem Drachen unter einem Dach sein, als mit ihr. Der fromme Pater aber verlangte und blieb dabei, daß er zu seinem Weib heimgehen und wieder bei ihr wohnen sollte; sonst könne er ihn nicht absolvieren. Der Spiegelschwab war halsstarrig und ging aus dem Beichtstuhl ohne Absolution. Draußen vor dem Beichtstuhl rührte ihn aber doch sein Gewissen, und er dachte an die Freythofblümlein[145] auf seinem Kopfe, und es wurde ihm ganz kurios ums Herz. Da stand er nun, den Hut drehend zwischen den beiden Händen, oft seitwärts blickend auf den Pater, ob er ihn etwa nicht zurückrufen möchte. Der saß aber ruhig und schien still zu beten. Der Spiegelschwab dachte sich: »Da muß ick wohl den Gescheitern machen.« Und er redete den Pater an und sagte: »Probieren will ich's – auf einen Monat, aber länger nicht.« Der Pater schüttelte den Kopf. »Nun«, sagte der Spiegelschwab, »damit ihr seht, daß ich mit mir markten lasse: auf ein Vierteljahr!« Der Pater schüttelte den Kopf. »Auf ein halbes Jahr!«, handelte der Spiegelschwab weiter und hielt ihm die Hand hin und sagte: »Wenn's Euch so recht ist, so schlagt ein!« Der Pater schüttelte den Kopf. Jetzt verlor der Spiegelschwab schier alle Hoffnung und Geduld; er nahm sich aber als ein ganzer Kerl zusammen und sagte: »Wenn ihr doch nicht anders wollt, so sei's – in Gottes Namen! – auf ein Jahr!« Der Pater, der seine Zerknirschung bemerkte und ihn nicht bis zur Verzweiflung bringen wollte, winkte ihn zu

---

145   Freythof: Kirchhof, Freythofblümlein: graue Haare

sich in den Beichtstuhl, und er redete ihm noch einmal ernstlich zu, und der Spiegelschwab versprach alles mögliche. Und das war recht.

Von Andex aus wandte sich der Spiegelschwab vorerst nach Grafrat. Dort liegt der Leichnam des heiligen Rasso, der, wie er hörte, ein großer Held gewesen ist. Der Spiegelschwab meinte, er müsse wohl ein böses Weib oder sonst ein Untier gebändigt haben. Und also verlobte er sich zu ihm.

Wer recht beichtet
Das Herz erleichtet.

Ein Kapitel, worin nichts von Streichen vorkommt, was also
überschlagen werden kann

Der Mensch ist nie langweiliger, als wenn er über sich selbst nachdenkt. Und also ist nichts von weitern Streichen des Spiegelschwaben zu erzählen, wie er jetzt seines Weges geht nach Meitingen zu seinem Freund, dem Blitzschwaben. Um jedoch den günstigen Leser von ihm zu unterhalten, will ich von seinen Sprüchen reden, die er im Brauch hatte: woraus neuerdings erhellet, daß er ein sinnreicher Kopf gewesen; wie es denn die Schwaben alle sind, die dummen ausgenommen.

Wenn von Weibern und Heiraten die Rede war, so pflegte er zu sagen: Weib und Geld ängstigen manchen, wie sieben Hund einen Hasen im Feld. Und: Der Ehestand ist kein Geschleck, sondern ein Joch. Und: Gilt die Bosheit etwas, so ist ein Weib teurer, als hundert Männer.

Wenn von seinem Weib Meldung geschah, sagte er: Böse Hunde sind gute Wächter, sang ein Bauer von seinem bösen Weib.

Von den Weibern überhaupt: Sie hätten einen vielfältigen Rock, und einen einfältigen Kopf.

Gefragt, wie es ihm ergehe, antwortete er: Vortrefflich; ich lebe stattlich; trinke viel, eß nicht wenig, und bin niemand schuldig als den Leuten.

Sonst hatte er auch im Spruch: Was den Leuten zuwider ist, das treib ich; wo man mich nicht gern hat, da bleib ich.

Vom Essen und Trinken pflegte er zu sagen: Das Trinken geht alle Tag; und gegessen muß sein, und wären alle Bäum Galgen. Und: Guter Wein verdirbt den Beutel, der schlechte den Magen; doch besser der Beutel, als der Magen verdorben.

Zu einem Nachtlichtle und Saufbruder sagte er einmal: Nicht wahr, Nachbaur, die ganze Nacht gesoffen ist auch gewacht?

Wenn sich einer über schwere Arbeit beklagte, pflegte er zu sagen: Wenn's so lustig und so leicht wäre, so tät's der Bürgermeister selbst.

Warf man ihm vor, daß er sich seine Arbeit zu teuer bezahlen lasse, so sagte er: Das braune Bier muß seine Ursach haben.

Von einem faulen Menschen sagte er: Er hat Lust zum Arbeiten, wie der Hund zum Hechellecken; und: Es steht ihm die Arbeit so gut an, wie einer Geiß der Klagmantel.

Von einem Lump und nichtsnutzigen Menschen sagte er: Der gilt nichts, wo die Menschen teuer sind. Oder: Er ist einer, wo 13 auf ein Dutzend gehen. Auch: Wenn man ihn verschenken wollt, man müßte einen Batzen drauf legen.

Wenn er einen unwilligen Menschen sah, sagte er: Du bist so lieblich wie ein Essigkrug; wenn du nur in die Milch siehst, so wird sie sauer. Oder: Du wärest ein rechtes Muster auf den Essigkrug. Auch: Wenn dein Gesicht am Himmel stünde, die Bauern würden zum Wetter läuten.

Von einem hoffärtigen Menschen pflegte er zu sagen: Er hält viel auf sich, aber andere Leute halten auf ihn desto weniger.

Von einem Neidischen: Er sieht auf die Seite, wie eine Gans, die Apfel sucht.

Von einem Groben: Er ihrzt[146] niemanden, als sich und den Herrn Pfarrer.

Von einem Zornigen: Er tut sich auf, als wenn er zehn Teufel gefressen und hätte den elften im Maul.

Von einem Lügner: Er bleibt bei den Worten wie der Has bei der Trommel. Sonst pflegte er auch vom Lügen zu sagen: Lügen sei eine Hauptsache, denn sie gehe durch das ganze Land. Und: Wenn Lügen so schwer wäre, wie Holztragen, so würde jeder die Wahrheit sagen.

Weise Sprüche, gute Lehren
Muß man tun, und nicht nur hören.

Wie der Spiegelschwab nach Meitingen kommt zum Blitzschwaben

Als er nach Meitingen kam, auf dem Lechfeld, traf er seinen Freund, den Blitzschwaben, im Wirtshaus bei einem Mäßle weißen Biers sitzen. Der war auf, wie Bätz, und sang soeben das Liedlein:

> *»Ich bin halt so:*
> *Ich achte nit das Schmeicheln,*
> *Und achte nit das Heuchlen,*
> *Trutz allen falschen Zungen,*
> *Denk ich an Goldschmieds Jungen;*
> *Ich bin halt so.*
> *Ich bin halt so:*
> *So lang ich leb auf Erden,*
> *Werd ich nit anders werden.*
> *So so so werd ich bleiben,*
> *Aufs Grab mir lassen schreiben*
> *Ich bin halt so.«*

---

146   mit »Ihr« anreden

»Potz Blitz!«, sagte der Blitzschwab, als er den Spiegelschwaben erblickte, »bist's oder bist's nit? Ja, wägerle, du bist's. Grüß dich Gott, Lump! Aber jetzt setz dich, Brüderle; wir trinken noch ein paar Mäßle zusammen, wenn's langt. Dann brechen wir auf, heut noch nach Türk heim zum Kätherle, und morgen ist Hochzeit.« Der Spiegelschwab sagte: »Also willst du wirklich Ernst machen mit dem Kätherle?« »Potz Blitz!«, sagte der Blitzschwab, »lieber heut noch als morgen. Und ich sag dir's, und du darfst mir's glauben: 's Kätherle ist ein schön's Mädle, 's Kätherle ist ein brav's Mädle, 's Kätherle ist ein Mädle, wie man keins mehr findet in der Welt.« Der Spiegelschwab sagte: »Es gibt nur zwei gute Weiber auf dieser Welt; die eine ist verloren, und die andre kann man nicht finden.« »Daß dich die Katzen kratzen!«, sagte der Blitzschwab unwillig, »jetzt sauf und laß mich ung'heit.«

Wen einmal der Gammel sticht[147].
Höret auf die Wahrheit nicht.

Wie der Spiegelschwab dem Blitzschwaben ein Kapitel vom Ehestand lieset

Unterwegs, als sie dies und jenes sprachen, kam der Spiegelschwab wieder auf das Kapitel vom Ehestand und den Weibern. »Der Mann ist allzeit angeführt mit dem Weib«, sagte er, »und die beste ist nichts nutz. Ist sie schön, so hat er viel Wartens; ist sie häßlich, so hört er viel Eiferns; ist sie häuslich, so ist sie auch bös; versperrst du sie, so klaget sie; lassest du sie gehen, so ist sie in der Leute Mäulern; zürnest du mit ihr, so hängt sie das Maul; sagst du nichts, so kann niemand

---

147 Wen einmal der Hafer sticht

mit ihr zurecht kommen. Hat sie die Ausgaben in Händen, so weh dem Gelde; führst du die Ausgaben, so verkauft sie den Hausrat. Bleibst du zu Haus, bist du ein Einsiedler; kommst du zu spät heim: >Wo hat denn dich der Teufel gehabt?< Gibst du ihr schöne Kleider, so will sie sich sehen lassen; kleidest du sie schlecht, so flucht sie dir den Tod. Hast du sie gar zu lieb, so achtet sie deiner wenig; gibst du dich aber wenig mit ihr ab, so schert sie sich um dich gar nicht. Willst du nicht sagen, warum sie dich fraget, so läßt sie nicht ab, bis du es sagest; kurzum: der Ehstand ist ein Wehstand.« Der Blitzschwab hatte indessen, da der Spiegelschwab also sprach, die Geige zur Hand genommen, und er fing an, zu stimmen und zu klimpern, immer stärker, stärker, je mehr der andere sprach. »Aber du hörst nicht?«, fuhr der Spiegelschwab fort, »nun, so magst du denn fühlen. Als guter Freund will ich dir jedoch zum Ehrengeschenk noch einen weisen Spruch mitgeben, den die bayerischen Bauern im Brauch haben, und der unter Brüdern einen Taler wert ist. Der lautet also:

> *Hast ein böses Weib am Montag,*
> *Traktiere sie freundlich am Erchtag,*
> *Will's nicht helfen am Mittwoch,*
> *Gib ihr gut Stoß am Pfinztag,*
> *Tut's nicht gut am Freitag,*
> *Hol's der Teufel am Samstag,*
> *So hast du einen guten Sonntag.*<«

»Daß dich der Gicker kratz, du Schukeler, du Schampedasche, du Schurimuri!«, sagte der Blitzschwab zornig. »Jetzt schweig«, sagte er, »Trallewatsch! und laß dich heimgeigen.« Und er geigte und sang dazu: »Ich bin halt so!« Während dem brummelte der Spiegelschwab wie ein Dudelsack:

> *»Einem jeden Lappen Gefallt sein Kappen;*
> *Ist sie auch arm. Macht sie doch warm.«*

Des fahrenden Schülers Adolf Bericht, wie es auf der Hochzeit
des Blitzschwaben zugegangen

***[148]

Wie der Spiegelschwab zu seinem Weibe heimkehrt, und was zu
Hause geschehen. Das letzte und schönste Kapitel

»Jetzt gehst aber zu deinem Weibe heim«, sagte der
Blitzschwab zum Spiegelschwaben acht Tage nach der
Hochzeit. »Ich geh schon«, sagte der, »so gern, wie eine
arme Seel ins Fegfeuer.« »Und bleibst fein bei ihr, wie du's
dem Pater versprochen«, fuhr jener fort, »und mach's nimmer so, wie das Turn-Michle von Augsburg, der sich des
Jahres nur einmal sehen läßt. Und ich sag dir's nochmal«,
sagte er, »sie ist wie ausgewechselt, seit der Zeit, daß sie
dem Bären entkommen. Selbst die Nachbarin sagt alles Gute
von ihr. Und auf das Präsent, wie ich dir sag, darfst du dich
freuen.« Also redete der Blitzschwab dem Spiegelschwaben
zu, als dieser von ihm Abschied nahm.

»Schwabenland ist ein schönes Land (pflegt der Schwab
zu sagen); aber heim mag ich nicht.« Der Spiegelschwab
hatte mehr als eine Ursache, so zu sagen. Und doch ging er,
zwar mit wenig Hoffnung, aber voller guter Vorsätze Memmingen zu. In den Hofgärten dünkte es ihm doch allebot,
als höre er die wohlbekannte Rätschstimme: »Bist du endlich wieder da, du Schlingel!« Und als er unters Tor kam,
wollte ihm fast der Teufel ins Ohr raunen, er sollte wieder
umkehren. Und als er sein Haus von der Ferne sah, sank
ihm schier das Herz, und die Füße wollten ihn nicht mehr

---

148   Lücke in der Handschrift

tragen. Da faßte er Mut als ein ganzer Mann und sagte: Sei's in Gottes Namen! Und er ging und kam heim. Und, sieh da! wie er vor die Tür kam, trat ihm seine liebe Ehehälfte entgegen und trug ein Kind auf den Armen. »Grüß dich Gott, Herzensmännle!«, sagte die Frau, »da sieh, lug einmal dein Büble an.« Der Spiegelschwab sah drein wie einer, der ein schweres Rechen-Exempel im Kopf auflöset; und er konnte es doch nicht herausbringen. Das Kindlein aber lächelte ihm entgegen, und da konnte er nicht mehr anders, er mußte es nehmen, und er gab ihm ein Eile, und er nannte es sein liebs Büble. Dann gingen sie ins Haus, und die Frau machte ihm gleich ein warmes Süpple und fragte: »Männle, was magst noch?« Und von der Zeit an war Fried und Einigkeit im Haus; und die Nachbarin selbst hatte ihre Freude daran, so wie hoffentlich alle, die dies lesen.

> Wer da will haben gut Gemach,
> Der bleib unter seinem Dach.
> Wer will haben ein Ruh,
> Der bleib bei seiner Kuh.